培育文化

培育文化

她不是我媽媽

林蔚貞◎著

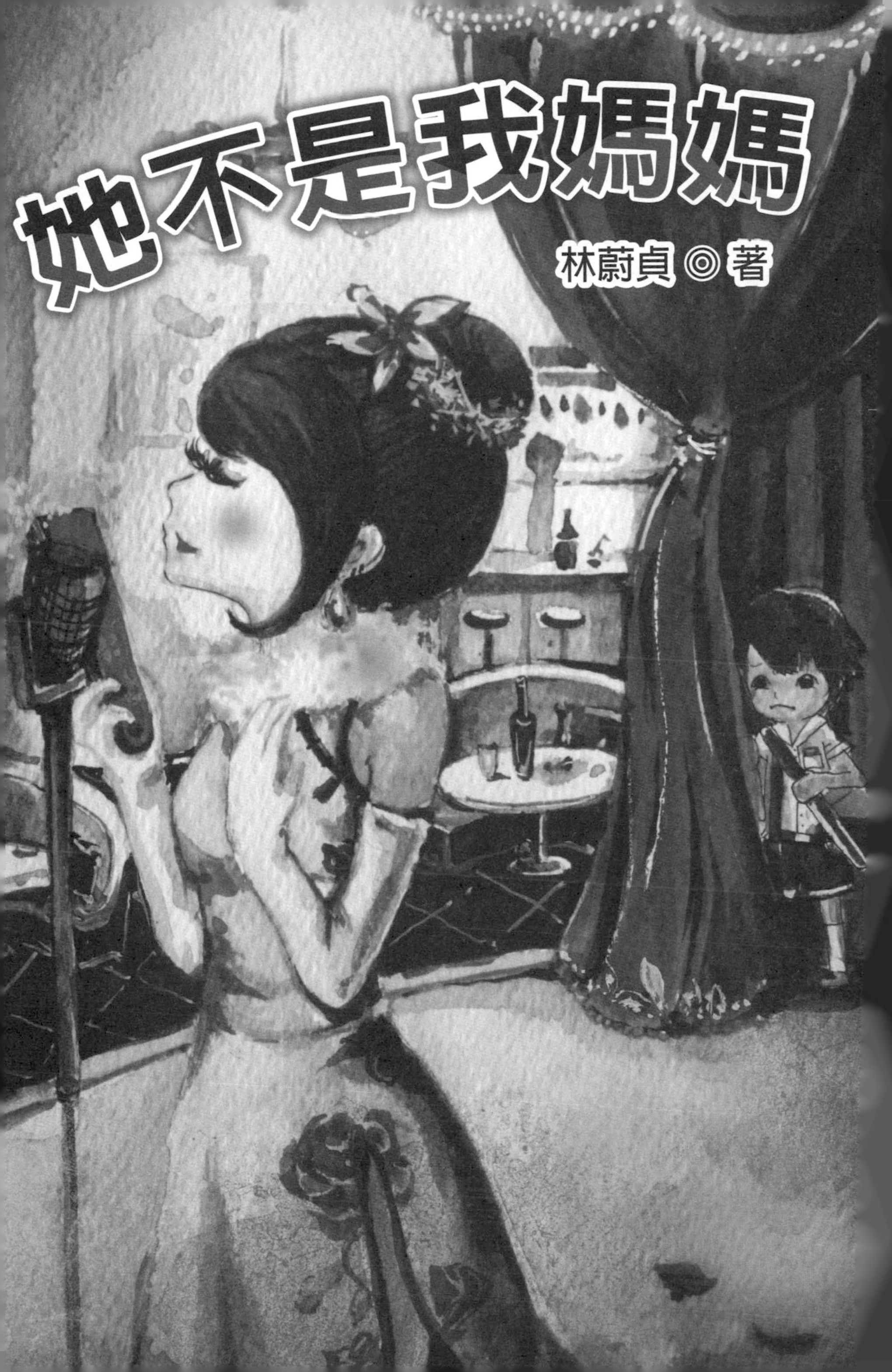

國家圖書館出版品預行編目資料

她不是我媽媽/ 林蔚貞著. -- 初版. --
臺北縣汐止市；培育文化，民99.04
面：　　公分. --（勵志學堂：4）

ISBN　978-986-6439-26-1（平裝）

859.6　　　　　　　　99003799

書　　名 ◎ 她不是我媽媽
作　　者 ◎ 林蔚貞
責任編輯 ◎ 王文馨
出 版 者 ◎ 培育文化事業有限公司
社　　址 ◎ 221台北縣汐止市大同路三段194號9樓之1
電　　話 ◎ (02)8647-3663
傳　　真 ◎ (02)8647-3660
印　　刷 ◎ 久裕印刷有限公司
總 經 銷 ◎ 永續圖書有限公司
地　　址 ◎ 221台北縣汐止市大同路三段194號9樓之1
電　　話 ◎ (02)8647-3663
傳　　真 ◎ (02)8647-3660
網　　址 ◎ www.foreverbooks.com.tw
電子郵件 ◎ yungjiuh@ms45.hinet.net
法律顧問 ◎ 永信法律事務所　林永頌律師
初版日期 ◎ 中華民國99年4月

作者序言

「原來可以喊一聲媽媽，是件幸福的事！」這是我在寫這個故事時，最深的感觸。有媽媽可以喊，可能是大多數人習以為常的幸福。

習以為常到不以為意。

每當我們在遭遇什麼不順心的事，總會自然而然的喊出：「我的媽啊！」

「我連這樣都喊不出口！」這段，是我在寫作時，最替男主角辛酸的一點。

為了讓《她不是我媽媽》這本書的內容更為豐富，當初我在寫作前做過一些「田野調查」，曾經訪問一位朋友，這句話就是他說出來的。

這位朋友也像男主角明昌一樣，他的母親即使在一些親戚面前，也不希望讓別人知道，這個孩子的母親是她，所以深怕孩子說溜了嘴，從小她就嚴禁他的兒子喊她「媽媽」，而只能稱呼她為「阿姨」。

這位朋友，也就制約到，連「我的媽啊」這樣的話都喊不出來。

從有記憶以來，他也習慣要「睜著眼說瞎話」，只要有人問起：「這位是你媽媽嗎？」他幾乎背得滾瓜爛熟、不用經過大腦的反射動作回答：「她不是我媽媽，是阿姨。」

雖然他也沒喊過爸爸，對於這點他從沒遺憾過，因為他深知，爸爸並不存在於他的世界。但是對於近在眼前的媽媽，卻只能喊阿姨，是他從小到大最深的遺憾與委屈。

「我知道媽媽想必比我更痛苦、更委屈。」受訪的朋友是這麼說的。

這個故事對我們最大的提醒就是，或許喊一聲媽媽，只是我們出門時或是回家習以為常的話語。

但是這個世界上，有人多麼想要擁有這樣的幸福，卻得不到。他們提醒著大家，這樣的幸福得來不易，千萬不要不以為意。

一定要好好珍惜。

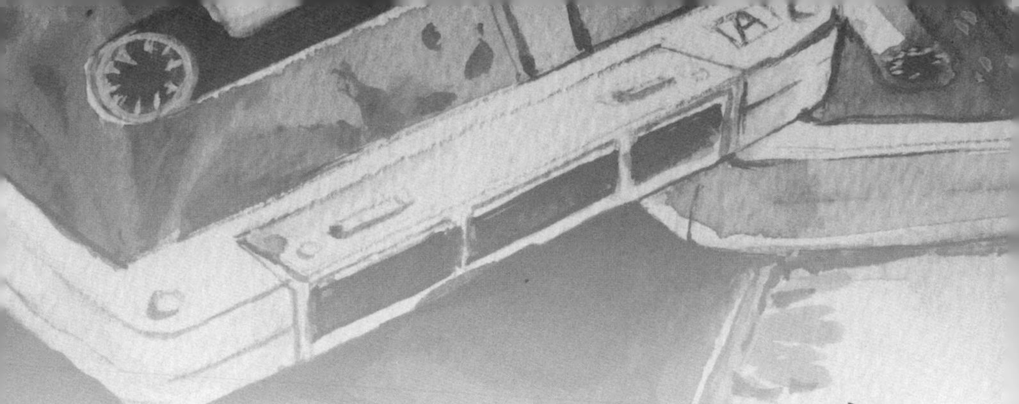

目次

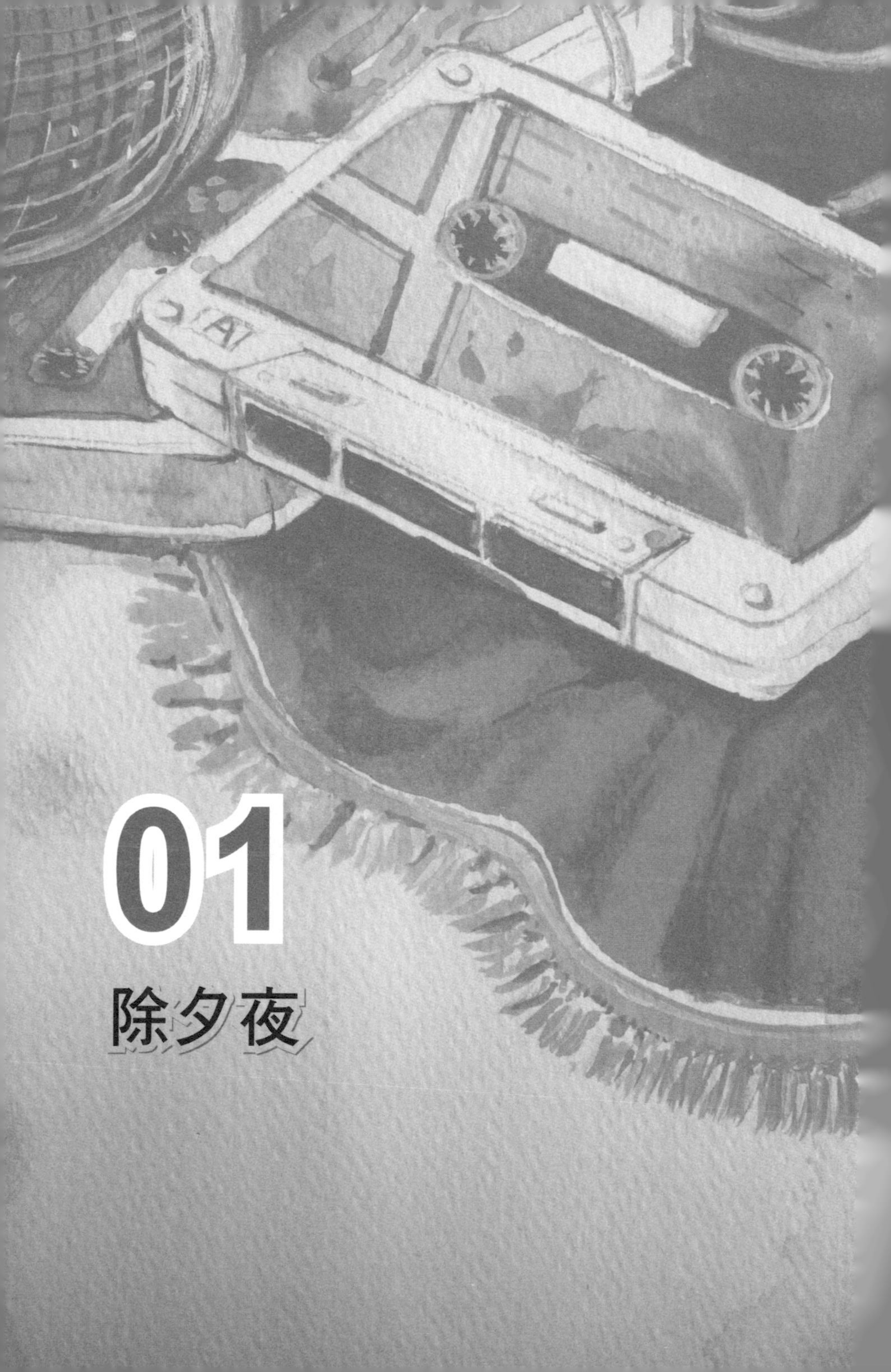

01
除夕夜

今天是農曆除夕夜。

看著躺在醫院病床上的媽媽，還戴著氧氣罩，明昌心裡就有一股很深的酸楚升起：「媽媽怎麼會那麼命苦啊？」

二十出頭的明昌，他的母親王文珠是一位台語國寶級天后，今年快五十歲了。文珠從九歲開始，就沒有在家過年過，每年的除夕，她都在走唱；等到大了、出了名，除夕夜她總是應邀出國演唱。

今年是文珠第一次得以停下腳步來，和家人好好的過個農曆年，享受除夕夜的團圓飯。

本來明昌和外婆打算在五星級飯店訂上一桌年夜菜，但是又怕到了飯店，人來人往，大家看到文珠這個明星，就不放過她，爭著合照。文珠可能連飯都沒辦法好好吃，徒增疲勞而已。

也想過乾脆全家出國渡假過年，找個台灣人比較少的小島，安安靜靜的享受天倫之樂。

「就在家裡過年吧！從來沒有在家過年過，很想感覺看看，這是什麼樣的滋

味！」文珠這麼說。

聽到文珠這一番話，外婆就哭了，悶著頭什麼都不說，過年前一個月開始忙著準備年夜菜，讓自己的女兒能夠感受在家團圓吃飯的溫暖。

文珠也特別推掉了所有的工作邀約，還因此得罪了某位知名的製作人。一切都準備妥當，文珠卻在年前感冒，還轉成急性肺炎，住進了醫院。之前剛進醫院，文珠咳個不停，連覺都睡不好。現在總算可以安然入睡，不過呼吸聲仍然沉重。

明昌讓外婆回家休息，自己一個人在醫院照顧著媽媽。

他打開電視，把聲音調到靜聲，深怕吵到媽媽文珠。

電視新聞正播著，某位女明星有個十歲的私生子，為了不讓人知道那孩子是她的，小孩在外面都要稱呼她為「阿姨」。

「怎麼跟我這麼像？」明昌深深的感同身受，同情那個孩子。

這時候，護士推門進來，要幫文珠量耳溫。

「還好，已經退燒了。」護士這麼說著。

「先生，你可以放心，你媽媽已經好多了。」

「還有一件事……」護士小姐有點八卦的面容出來。

「我買了文珠小姐所有的CD，還去參加過她的演唱會，我是她的超級粉絲，可以跟她要個簽名照嗎？喔，對了，從來不知道文珠小姐結婚了，我一直以為她單身，沒想到兒子都這麼大囉！」護士小姐面露狐疑的問道。

「她不是我媽媽，是阿姨。」明昌依照往例，回答出標準答案。

這個時候明昌不僅替自己感到難過，更為媽媽感到悲哀。他在心裡喊著，用護士聽不到的聲音吶喊著：「媽媽，我的媽媽，妳怎麼會這麼命苦啊？」

02 那卡西

「王文珠，為什麼這麼晚才來？」音樂老師大聲的痛罵。

「而且還畫個大濃妝來學校，一個三年級的小學生，這樣成何體統呢？」

「老師，對不起，對不起……」這位瘦小的女學生連忙賠不是，趕緊走到合唱團的第一排，原本安排她站的位置。

「下來，誰要妳站上去的？」音樂老師從文珠進來開始，臉色就相當難看，並且沒有停的責罵她。

另外一位負責鋼琴伴奏的李老師，趕緊出來打圓場，跟一直咆哮的指揮林老師說情：「林老師，這位同學已經到了，好了啦！我們先練唱，時間可能不夠，不要生氣啦！」

「我當然生氣，多少人想要進這個合唱班，都不得其門而入……」林老師說著，眼睛瞪得跟個金魚眼一樣。

「我是看她音質很好，讓她進來，她卻不好好珍惜，我們利用早自習和朝會的一些時間，早上七點到八點練唱，她又不是不知道，現在幾點啦！妳自己說說看！」林老師火氣還是很大。

這個合唱班的確是像林老師說的一樣，是個百中挑一組成的班級。

現在的校長，將合唱團當成學校的重點項目支持著，他一直希望合唱團能在全省的比賽中拿到名次。

所以文珠這個班級，從一、二年級的時候，就由林老師到各班試唱，挑選聲音好又長得可愛的小朋友，升到三年級時，全部編到同一個班級，方便練唱。

當初之所以還挑長相，是因為學校常有外賓來，而合唱班在這種時候，就要出來表演，所以「門面」也是精心挑選過的。

學校也調了全校最好的老師，來當這個班級各科目的老師，所以很多老師的小孩，或是有錢人家的孩子，無不想盡辦法，要進到這個合唱班來。

小小的一個合唱班，班上就有十幾位同學的家長是家長會委員，可見這個班級基本上是相當「富貴」。

大概被這些「富貴」家長給捧慣了，林老師自從接掌合唱團的指揮後，「氣燄」也一天比一天高。

對於很多事情的耐心，也愈來愈差。

相對於林老師的「叫囂」，文珠從頭到尾低著頭不發一語。

「我問妳幾點，妳給我回答。」林老師堅持要文珠回答。

「七點四十分。」文珠看著音樂教室掛在牆上的鐘回答著。

「我最討厭人家遲到，而且妳大小姐一遲到就遲到四十分鐘。出去……」

「林老師……」李老師還是試圖緩頰。

「王文珠，妳出去，遲到這麼久就不用進來了。」林老師還是非常堅持要文珠離開音樂教室。

「我要讓所有的學生知道，合唱班不是這麼好進來的，不是你們可以愛來不來的地方，都已經快要出去比賽了，還這麼吊兒郎當的。」

「所有的同學聽好，以後遲到十分鐘，自己就知道不用進來了，不用我再多說一遍。」林老師斬釘截鐵的說。

「現在就出去，而且把妳那張濃妝豔抹的臉給我洗乾淨，妳就站在我的正對面，看到妳那張臉，我就指揮不下去。」

整個合唱團靜若寒蟬，可能一根針掉在地上都聽得見。

林老師的確達到「殺雞儆猴」的效果了。

王文珠低著頭，邊啜泣著邊走到洗手間前面。

在她的背後傳來繼續練唱的和聲。

「咦！她在幹什麼啊？」有些學生看到文珠這一臉的濃妝，無不竊竊私語著。

「我媽說小學生不可以化妝耶！」

「風塵味好重喔！」文珠還聽到人群裡傳來這樣的話語。

「我也不願意這樣啊！我也不願意遲到啊！」文珠嘴巴小聲的念著。

她走到洗手間前面，開起水龍頭，大力的潑著水洗臉。

「但是又有什麼辦法呢？」想到這裡，文珠更是哭得兇了，臉上分不清楚是水龍頭的自來水還是淚水。

由於家境不好，為了幫媽媽減輕家計的重擔，文珠在一個遠房親戚的介紹下，到北投的那卡西走唱。

站在那卡西的台上，根本沒有辦法素著一張臉，第一次去唱歌時，領班就拿著化妝箱幫文珠化起妝來。

「老師和同學大概無法理解我的生活吧！」文珠嘆了一口氣。

班上的同學，幾乎是從小家裡栽培學鋼琴、小提琴，才有辦法來到這個音樂合唱班。

只有文珠，在一首首日文歌裡，在燈紅酒綠的走唱生涯中，跟著那卡西樂師學會樂理，憑著自己的好歌喉和甜美的外表，才得以進到音樂班。

昨天晚上，就是有位客人，一直掏出小費要文珠繼續唱，樂師和領班都覺得遇到這種「大咖」，不能放棄，也要文珠繼續唱下去。

唱到早上六點，文珠才得以脫身，換完制服後，還來不及梳洗，就坐上公車。

由於唱了一整晚都沒有休息，文珠坐上公車，馬上呼呼大睡起來，還是好心的公車司機把她叫醒下車的，要不然她可能還會坐過頭。

也就是這樣，才會頂著個大濃妝，還練唱遲到。

「我要怎麼跟別人說呢？」文珠心裡是覺得很委屈，但是她想不出來，別人有什麼理由會體諒她。

「我的確也是大遲到啊！」文珠心裡這樣想著，她的確有不值得原諒的地方，

但是又多麼渴望能有人對她釋出些善意和關懷。

「不過昨天一個晚上，那麼多的小費，最起碼可以一個禮拜不用擔心沒飯吃了！」摸摸口袋裡的鈔票，一疊沉甸甸的重量，文珠想著可以減輕媽媽的重擔，自己就被自己安慰到了。

「王文珠，沒關係，妳受這點委屈沒什麼的，媽媽那麼累，一句話都沒吭，妳怎麼可以受這一點點責罵，就哇哇叫呢？」洗過臉的文珠，看著洗手間前面的鏡子，這麼對自己說著。

說完後，文珠自己安靜的走回教室，整個班級的人都還在練唱，只有她一個人在教室裡拿起課本自習。

這整個經過，都被伴奏的李老師看在眼底。

李老師其實也是文珠他們班的級任老師，教的是國文，只是她本來音樂造詣就不錯，於是就「兼職」擔任合唱團的伴奏。

李老師一向尊敬林老師，畢竟林老師是師大音樂系畢業的，主修聲樂，當然合唱團在練唱時，本來就應該尊重林老師的專業。

她也知道林老師這個人不是壞心腸，而是有點藝術家的性格，喜怒非常分明，不是那種會體貼人的個性。

她之前就覺得文珠這個孩子一定有苦衷，也不贊成指揮林老師對文珠的處理方式，於是跟在文珠的後頭瞧著。

聽到文珠在鏡子前面的那段話，讓她決定要去文珠家拜訪一下。

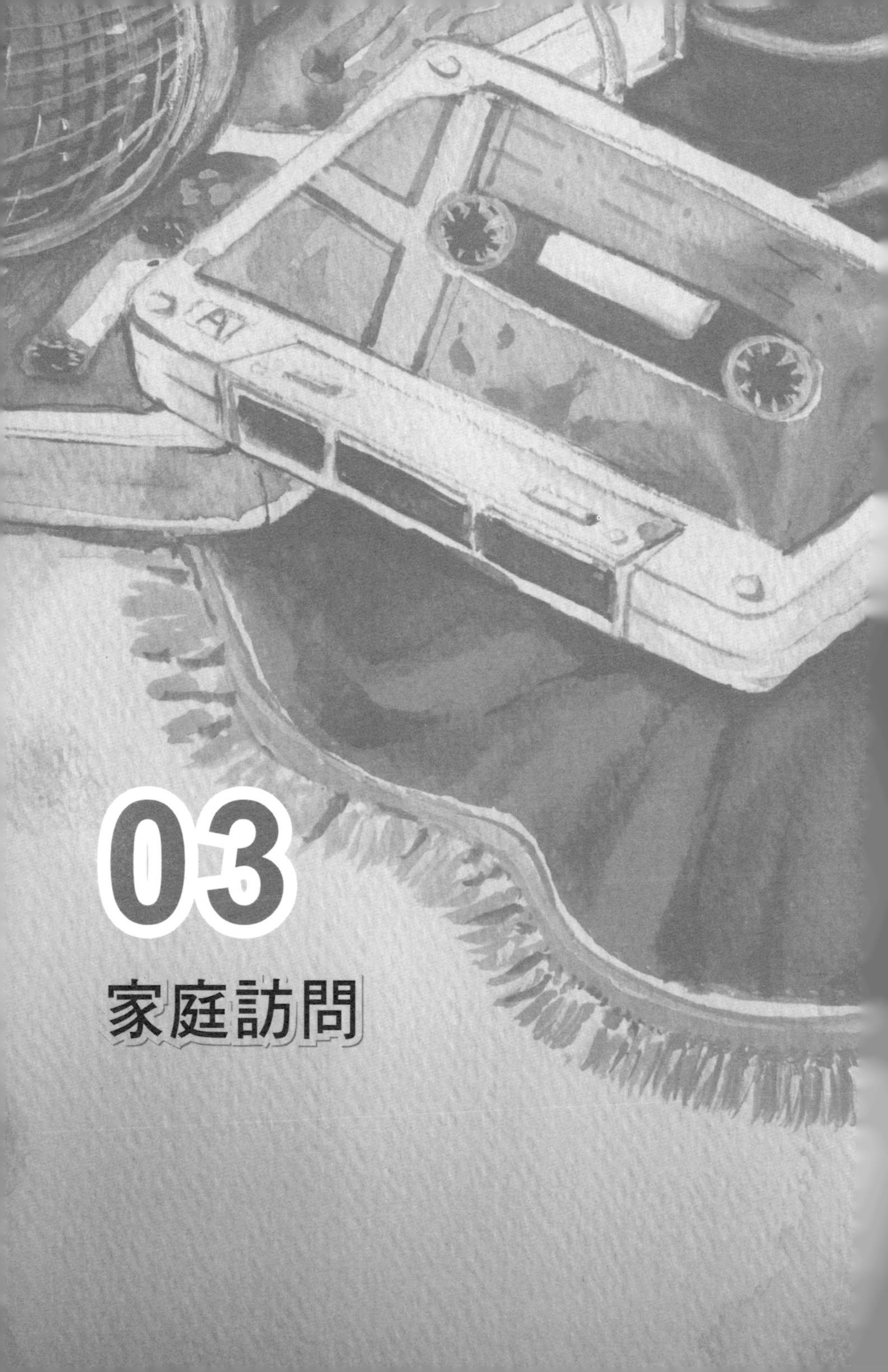

03

家庭訪問

李老師帶著班長吳慶祥，找了一個放學的傍晚，去文珠家做家庭訪問。

「李老師，為什麼只到文珠家做家庭訪問，不去別的同學家呢？」班長問起李老師。

「那天文珠練唱遲到，我總覺得這個孩子有什麼苦衷，想去瞭解一下，看能不能幫忙些什麼？」

「是啊，那天她來上學，化妝化得很妖豔，同學們私底下就議論紛紛，特別是女同學，都說不知道文珠在做什麼奇怪的事。」

「這年頭小孩子的嘴巴怎麼這麼壞，不要這麼說別人，都是自己的同學。」李老師正色的說，心想要找個機會跟班上同學講講，小小年紀不要老愛說三道四的。

到了文珠家門口，按了樓下的電鈴，一直沒有人回應。

「老師，妳有先通知文珠家的人嗎？」班長問著。

「打電話也是一直沒有人接啊。」李老師回答。

「老師，反正樓下的門是開著的，我們直接上三樓去好了，在文珠家的門口喊喊看，或許是他們家的電鈴壞了，聽不到有人按門鈴。」

「好啊，也只能這樣……」師生兩個就走上三樓去。

「王文珠的家人在嗎？我是她的導師李老師，請問有人在嗎？」

在外頭的李老師和慶祥，聽到房子裡頭傳來窸窸窣窣的聲音。

三樓的大門打開一點縫隙，有個人怯生生的從門縫中望出來。

「請問……」一個女人小聲的問道。

「我是王文珠的導師李老師，我和班長一起來王文珠的家裡做家庭訪問。」

「啊，原來是老師，請進請進啦……」

李老師和班長兩個人才進來陽台，說時遲那時快，他們後面馬上尾隨進來三個彪形大漢。

「王太太，我們的門不開，老師的門就開，妳這樣會不會太沒意沒思啊？」一個帶頭的男人對著文珠的媽媽吼著。

「我又沒有欠你們錢，你們追著我要錢，做什麼呢？」文珠的媽媽滿臉驚恐的說著。

「妳沒有欠我們賭債，妳先生欠我們，這裡是他的家，我們當然上這裡要啊！」這個帶頭的男人，左手臂還刺青刺了一條龍，在陽台的光線底下，顯得格外顯眼。

原本先進門的李老師和班長，被這三個大男人一擠，根本就是縮在陽台的一角，被迫看著這一幕討債的情景。

「我先生老早就不回這個家了，你們找我有什麼用呢？」

「妳先生的戶籍還在這裡，你們也沒有離婚，我們當然要找妳啊！」

「你們不要這個樣子，我女兒的老師還在這裡，你們不要這個樣子啦……」文珠的媽媽講到最後一句，已經是聲嘶力竭，掩面大哭。

「老師來了最好，正好讓老師和同學知道，你們家女兒的爸爸，是個賭鬼，還是個欠賭債不還的賭鬼，這樣的大爛人，就是你們家女兒的爸爸！」

「讓老師教你們做人處事的道理，告訴妳欠人家的錢要還！」這幾個男人你一言我一句的教訓著文珠的媽媽。

「我們哪有錢還呢？我連自己的孩子都餵不飽了，怎麼有錢還呢？」文珠的媽媽哭著這樣說。

「好，沒錢還，我們就砸爛妳家，砸到妳還錢出來！」

「來，動手囉！」這個領頭的用手一揮，後面兩個跟著的小弟，馬上衝到客廳，見到東西就拿起來往地上用力一摔。

「拜託你們，行行好，不要這樣啦……」

「求求你們……」文珠的媽媽苦苦的哀求著，還用手去攔住他們。

「沒用的女人，少來煩！」其中一個男人用腳踹了文珠的媽媽，她應聲倒在地上，側躺在那裡，一臉痛苦的模樣。

「警察來了！」李老師和班長看到樓下來了警車，趕緊大聲的喊著。

「這次饒過妳，下次看我怎麼修理妳！」帶頭的人狠狠的丟下這句話，甩頭就走。

可能是附近的鄰居聽到砸東西的喧鬧聲，報警處理，警察也隨即趕到。這好像不是警察第一次來文珠他們家，看到這樣的景象，稍微問一下，也只能搖頭嘆息，隨即執行其他勤務去了。

「媽，妳有怎麼樣嗎？」這時從門口進來的文珠，趕緊衝上前去看受傷的媽媽。

「文珠啊……我實在是不想活了！」媽媽抱著文珠痛哭。

「媽媽，妳千萬不要這麼說，妳還有我和妹妹，我已經在賺錢了，妳一定要挺下來，讓我好好孝順妳，讓妳過好日子啊！」文珠表情鎮定的安慰起媽媽，並且抱著媽媽、拍拍媽媽。

「算命的說我是上輩子欠了妳爸爸，我是造了什麼孽？要讓我受這種苦？」文珠的媽媽繼續的哭著。

「媽媽，不要相信這個，我們只要努力，一定有好日子可以過的，不要聽那些算命的亂說。」文珠有一種超齡的成熟，說起話來，沒有多餘的情緒，從旁看起來，文珠感覺不像是媽媽的女兒，反而是一個堅強的同輩朋友。

「文珠……」李老師發出聲音。

「老師，妳怎麼在那裡？」文珠一臉驚訝的問著。

「來做家庭訪問。」

「老師，對不起，我們家今天不太方便，妳要不要先回去，下次再來做家庭訪問。」文珠有條不紊的說著。

「我和班長先幫忙收拾，妳媽媽看起來情緒很激動，先扶她上床休息好了。」李老師建議著。

文珠扶著一直不停哭泣的母親回房間，李老師和班長兩個人在客廳收拾殘局。

「班長，這個錢拿去買點吃的回來，我們跟文珠的家人在她家吃點東西再走。你記得在外面打公用電話回家說一聲。」李老師對班長這麼說。

「喔，好。」班長幫忙當起跑腿的，去張羅王家這一頓的晚餐。

總算一切都安頓了下來。

文珠哄媽媽睡著後出來客廳，李老師已經收拾的差不多了。而且餐桌上還擺滿了一桌飯菜，老師和班長都坐得好好的，彷彿在等文珠到位，一起開動用餐。

「老師……」剛剛都沒有掉下一滴眼淚的文珠，看到老師滿是關愛的眼神，這時眼眶盛滿了淚水。

「先吃飯、先吃飯，吃飯皇帝大，什麼都不要說，先吃飯要緊。」李老師要文珠趕緊坐下來吃飯。

「來，文珠多吃點……」李老師替文珠的飯碗裡夾滿菜。

「班長買多了，等等媽媽醒了，也要她吃點東西喔！」李老師跟文珠這麼交代著。

「老師，謝謝，今天讓妳看到我們家的家醜了。」

「希望不要嚇到妳和班長。」文珠滿臉羞愧的說。

「不要這麼說，這不是妳的錯，知道嗎？孩子，妳沒有錯。」李老師堅定的向文珠說著，像是在「宣告」什麼重要的事一樣。

「老師很引妳為榮，我的學生這麼的鎮靜，小小年紀就當起媽媽的支柱，老師真的很佩服妳啊！」

「不過，班長，今天這些事，到學校可不能跟其他人提起。你是個男生，可別像個八婆一樣到處亂說。」李老師跟班長交代著。

「不會的，李老師、文珠，我一定不會說的，我才不會像娘們那麼囉唆呢！」

班長這段話，讓李老師和文珠都笑了出來，這頓飯、這個家也瞬間有了點歡樂的氣息。

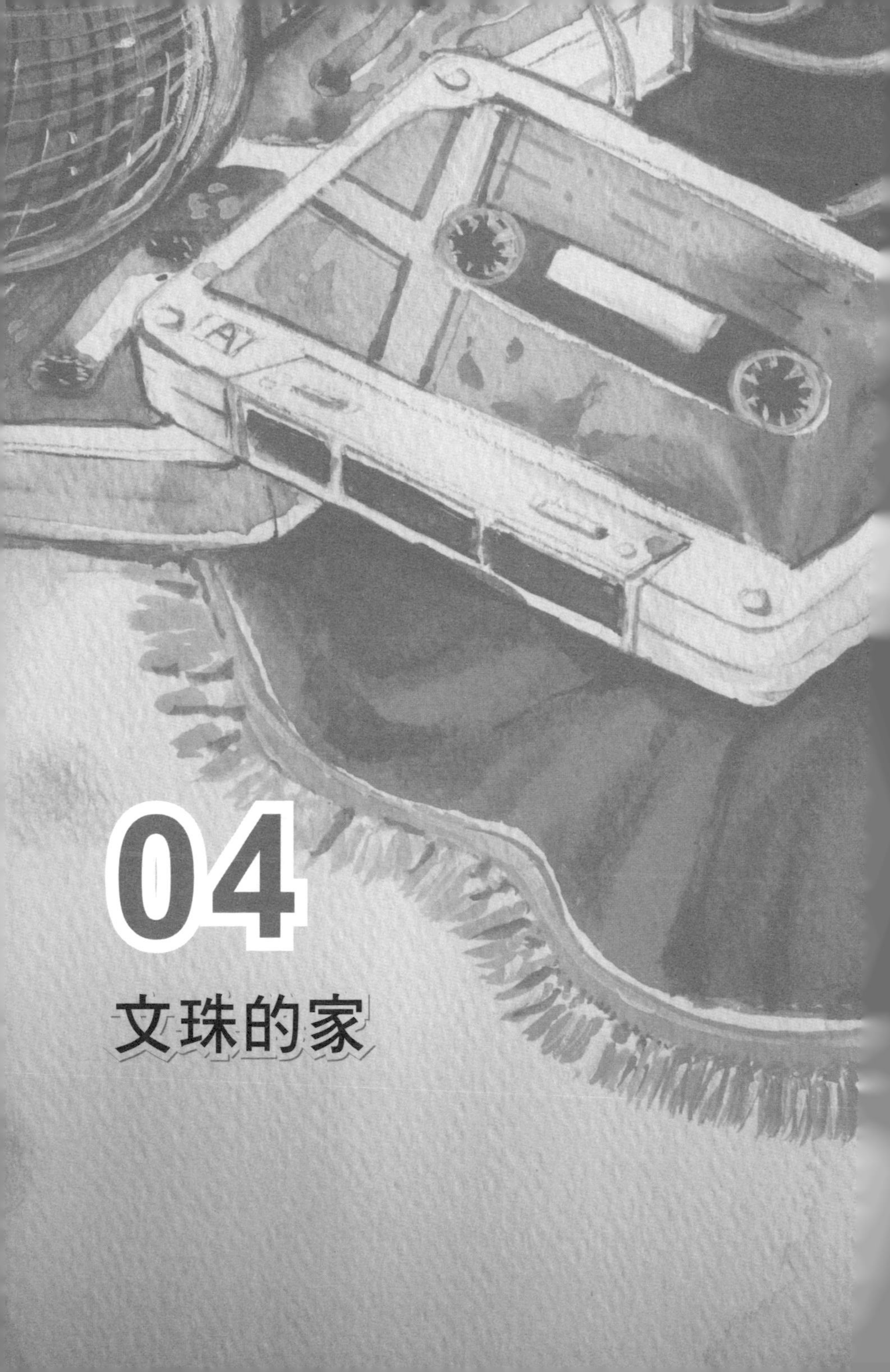

04

文珠的家

「文珠，方便跟老師聊聊嗎？」李老師在學校午休時間，正好在中庭遇到了文珠，於是叫住了她。

「好的，老師。」文珠乖乖的答應著。

自從上次到文珠家，那場「震撼式」的家庭訪問後，李老師也覺得不用再去做家庭訪問了，反而直接跟文珠談還比較有建設性。

「文珠，我是妳的級任導師，妳願意跟我說說家裡的狀況嗎？我要如何幫助妳呢？」李老師直截了當的問著。

於是文珠娓娓道來家裡的狀況。那裡面有爸爸的荒唐、媽媽的軟弱，還有超過文珠年紀的家庭重擔。

文珠的媽媽原本是個富家千金，愛上了文珠的爸爸，在不顧家人的極力反對下，嫁到王家。

也因為娘家人很不能接受這段婚姻，所以婚後，文珠的媽媽跟娘家幾乎斷絕了往來。

本來文珠的爸爸和媽媽，婚後也還算平穩，爸爸上班，媽媽持家。

就在文珠的媽媽生過兩個女兒後，爸爸就開始嫌了起來。

「我媽媽要的是兒子，妳生的是兩個女兒。而且要妳生，妳又不願意，妳這樣我怎麼跟我媽交代啊？」

「不能再生了，再生下去怎麼養呢？」媽媽也有苦衷。

「對，妳是千金大小姐出身，可是妳現在嫁到我們王家來，也要尊重我們王家的意思才是。」爸爸非常不以為然。

「你就一份薪水，光養一家四口，都有點吃力了，再生下去，真的會養不起。」媽媽一直跟爸爸這樣解釋。

「妳就是嫌我賺錢賺得少就是了！」爸爸每次都一口咬定這麼說。

這種話題，總是個無解的對談，而且夫妻倆為了這個生男孩、錢不夠的問題，總會大吵一架。

吵久了，感情也會薄掉。

爸爸為了不想回家，有時候去借住朋友家，在那裡染上了賭博的惡習。

爸爸愈陷愈深，媽媽愈來愈怨歎自己的命運。

「為什麼當初我不聽我爸爸媽媽的勸，偏偏要嫁給這個男人？我跟我娘家人的關係也都斷了，還要面對你這個賭鬼老公，我這是什麼命啊？」

媽媽開始去接一些手工回來做，常常趴在餐桌上，做到腰都直不起來。

而她對爸爸的怨念也愈深，覺得她的人生都是被這個男人害的，爸爸也就更不愛回家，甚至到最後完全不回家來了。

「可以申請清寒補助嗎？」李老師問道。

「沒辦法，爸爸還有上班，他有收入，只是不拿回來，我們根本沒有辦法申請任何的補助。」文珠說道。

「那妳希望老師怎麼幫妳呢？」

文珠想了想，回答說：「老師，真的不用了，我現在有個機會去北投唱那卡西，已經可以賺錢，我們真的不需要別人的幫忙了。」

李老師聽到這裡，就伸手抱了抱文珠：「真是個勇敢的孩子，妳會不會太苦了自己啊？」

「我會找機會跟林老師解釋，讓她知道妳不是懶惰、不認真，她不是個壞人，只是帶團有壓力，校長要求看到成績，所以比較嚴格。」

同樣是女老師，導師李老師是個溫暖的老師，而合唱團指揮林老師則是個嚴師。

文珠點點頭說：「李老師，妳願意瞭解我，對我來說，就是最大的幫忙了。」

「可是，老師還是擔心妳一個小學生，北投那卡西那種龍蛇雜處的地方，妳在那裡走唱，對妳的成長來說，這樣好嗎？」

「我還是個小孩子，大家都很心疼我，沒有人對我不好，老師真的不用擔心。」文珠解釋著。

「有一位那卡西琴師，跟老師一樣也姓李，李琴師還教我許多樂理，我能夠上這個音樂班，都是他老人家的功勞呢！」

「可是時間呢？這樣妳怎麼讀書？」

「其實我就是星期六中午下課過去，週末在那一帶跟著李琴師到各家飯店走唱，星期一一早趕回學校來上課，都不會影響上課，下回我會注意，再怎麼樣，星期一早上都會早點回來，不會影響到練唱和課業。」文珠打包票的說。

「如果有什麼問題，一定要跟老師說，多個人可以商量總是比較妥當，知道嗎？」李老師耳提面命麼。

就在那一場中庭的談話過後沒多久，文珠就遇上了大問題。

同學們不知道怎麼亂傳的，就是有耳語說，文珠在北投地區當藝妓。

小學生也搞不清楚藝妓是什麼，有個「妓」字就被說得非常難聽。

「羞羞臉，文珠在北投當妓……藝……」

「是藝……妓……」

文珠下課的時候，經過走廊，從背後會傳來這樣的調侃。

雖然難過，但是嘴巴長在別人的臉上，她也不能怎麼辦。

想起家裡的景況，她覺得能夠養活家裡的媽媽和妹妹，才是她最大的考量，其他的事情完全不重要了！

她一絲一毫想要轉過頭去辯駁的動力都沒有。

「你們不要亂說，小心我撕爛你們的嘴巴！要不然就把我們班上的垃圾倒到你們的嘴巴裡！」這時候班長吳慶祥跳了出來，做勢要把手上的垃圾桶往那些說壞話學生撒去。

那些小鬼頭，嚇得做鳥獸散。

「文珠，不要理他們，他們沒見過世面，不要在意他們說什麼。」班長還跟文珠這麼安慰著。

自從班長跟李老師去過文珠家後，對於文珠，他總有份不忍心。

想到她跟自己一般年紀，都還是個孩子，就要擔負起家計的重擔，還要面對一個殘破不堪的家庭，也是敬佩文珠有著過人的勇氣承擔。

「謝謝你。」文珠對班長點了點頭。

「你要去哪裡？」文珠問道。

「去倒垃圾，今天輪我倒垃圾。」班長手上拎著一個垃圾桶和一大包垃圾。

「我幫你拿一袋垃圾。」文珠接過手。

「真的嗎？不好意思耶，還要女生幫忙，今天垃圾特別多就是了。」班長搔了搔頭，露出小男生的靦腆。

兩個人一句話也沒說的到了焚化爐。

文珠先把那包垃圾倒了，下了焚化爐的階梯，換班長拿著垃圾桶走了上去。

在回來的路上，兩個人還是不發一語。

「班長！」文珠開口了。

「什麼事？」

「你的垃圾桶呢？」文珠指了指班長的手。

「啊！」班長嚇得往後跑。

「我可能把垃圾桶一起丟進焚化爐裡面了！我去找找看！啊……」班長驚聲尖叫起來，文珠則是笑到不行，一個人往教室方向走去。

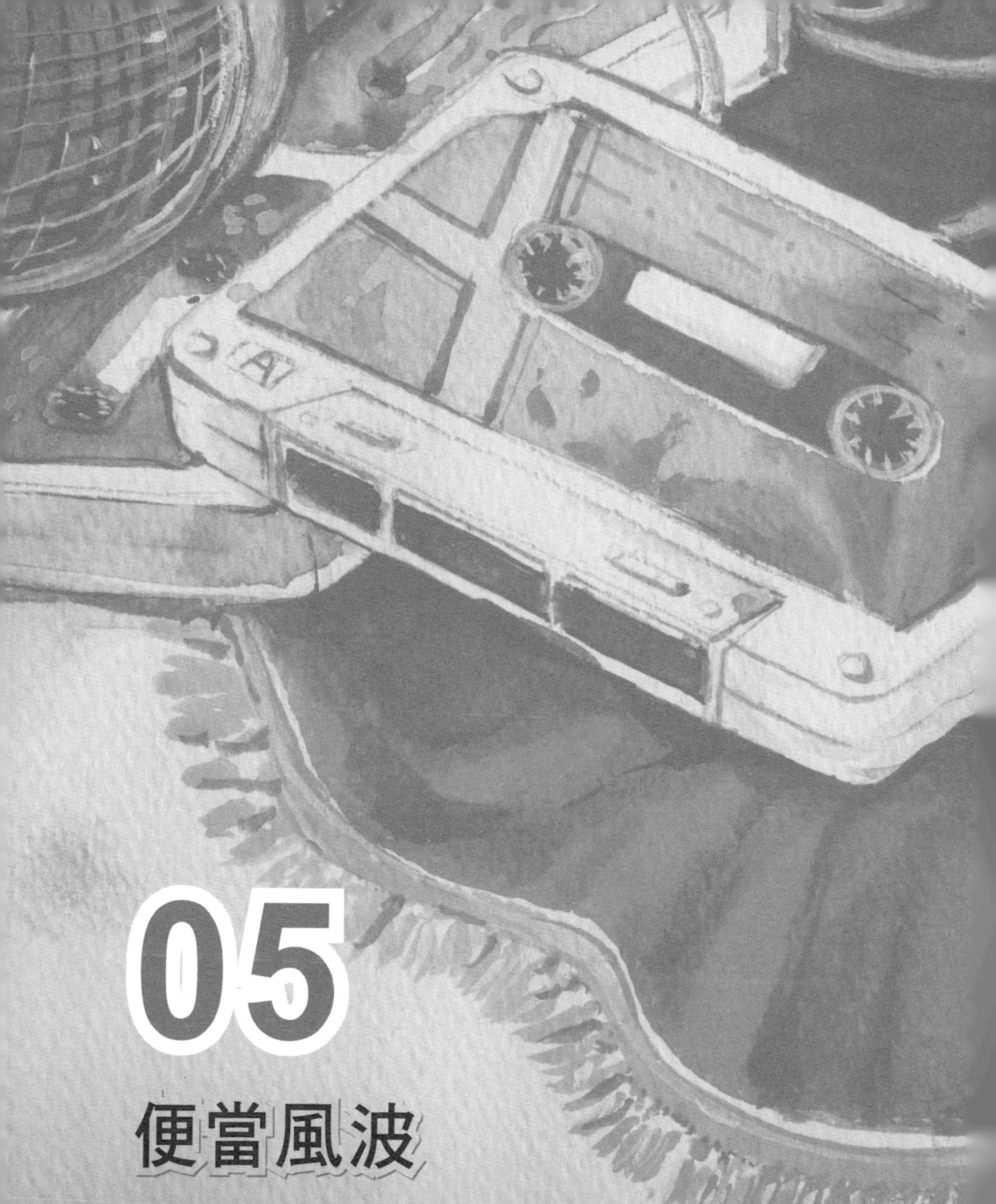

05

便當風波

文珠讀的這間小學，學校有提供營養午餐，不過同學們還是可以選擇帶自家的便當來吃。

班長吳慶祥的媽媽有做點小生意，就是幫同學做午餐，送到學校來。

雖然吳媽媽便當比起學校的營養午餐貴上三倍，但是菜色每天都會變換，並且注重營養，最棒的是上午現做、中午送到學校，同學們吃完後，空的便當盒就交給班長，由他帶回家給吳媽媽清理，很多家長認為也是圖個方便，所以吳媽媽的生意還算興隆。

由於音樂班的同學家境都不錯，所以一個班大概有十來個訂吳慶祥媽媽的便當。

李老師也跟吳媽媽訂便當，同時還自動替文珠訂了一份。吳媽媽本來做人情，替李老師打了對折，聽到吳慶祥說過文珠的事，這個便當還是打了個對折，等於李老師出一人份的錢，她自己和文珠都有好吃的吳媽媽便當可吃。

「老師，真的不用啦，我可以自己付營養午餐的費用就好，不用吃到這麼貴的。」文珠跟李老師說。

「沒關係，文珠，吳媽媽有替我打折，妳安心吃午餐就好，真的不要掛在心上。妳已經比別的學生辛苦了，老師讓妳吃得好一點，有什麼不對的？」李老師說得毅然決然的。

「要謝的話，妳還要去謝謝吳媽媽，她也很幫忙，打了個對折給老師，讓我一人出，兩人補，太划算了。」

文珠聽班長說，她媽媽很愛聽日本的演歌，上次李琴師送過幾張演歌的錄音帶給文珠，文珠趁著中午吳媽媽送便當之際，趕快拿給吳媽媽。

「哎喲，怎麼這麼好啊？文珠啊，妳怎麼知道吳媽媽最愛這個日本演歌的歌星呢？太謝謝妳了，我都找不到這塊錄音帶。」這個禮真的是送到吳媽媽的心坎裡，看得出來她非常喜歡。

「吳媽媽，妳喜歡就好，謝謝妳幫忙我，讓我有好吃的午餐可以吃。」文珠是真心的感謝著吳媽媽。

家裡的環境不好，她已經看過太多人的臉色，知道人要真心的幫助另外一個

人，常常不是件容易的事。很多親戚都怕他們這一家子上門，怕他們一開口就要借錢，所以對文珠和媽媽避之唯恐不及。

這一天，當文珠還沉浸在吳媽媽和她之間的善意，開心的享用吳媽媽和李老師共同促成的愛心便當時，隔壁的魏曉敏夾了一塊雞胸肉放在她的便當蓋上。

「文珠，這請妳吃。」魏曉敏大聲的說道。

「謝謝曉敏，但是我吃不下了，吳媽媽的便當我都已經吃不完了，沒辦法吃這塊雞肉。」文珠客氣的回絕。

「這真的很好吃耶，妳吃吃看，這種窯烤的雞肉，平常外面不太容易吃到，妳嚐嚐看啦！」魏曉敏非常堅持。

「不好意思啦，我吃不下，怕浪費食物。」文珠不是客套，而是平常節儉慣了，怕吃不完，浪費。

「妳真是的，我媽是聽吳媽媽說，妳家很窮，這才交代我，有什麼好吃的，一定要請妳吃，真是好心沒好報，哼！算了！不吃就不吃，有什麼了不起啊？」魏曉敏又把那塊雞胸肉給夾了回去，嘴巴翹得好高，一臉不高興的模樣。

聽到魏曉敏這一番話，文珠的好心情，頓時跌到胃裡。

她在心裡憤怒的喊著：「難道因為窮，妳要我吃什麼，我都要吃嗎？我沒有不吃的自由嗎？」

但是她沒有把這一番話說出來，只是安靜的繼續吃著自己的便當。

這時候後面來了一位高若琳，馬上衝到文珠的前面，看著文珠的臉說：「曉敏，妳快過來看，妳沒看見文珠的臉，一臉不甘願的樣子，好像很怨恨妳一樣，真是不知道好歹！」

「不知道自己已經是賤命了，還這樣跩，有什麼好跩的啊？」若琳仍不放棄的繼續說道。

「我媽說，這個世界上是有因果的，她說我們這種出身富裕的孩子，就是上輩子有做好事。像那種低賤出身的孩子，通常上輩子不知道造了什麼孽，才會這麼受罪，要來還債的。」若琳在文珠的周圍繞著，繼續高談闊論。文珠不想惹事生非，仍然低頭吃自己的便當。

「妳有完沒完啊？文珠在吃我媽做的便當，因為好吃，根本不想再吃別的，都不行嗎？」班長吳慶祥跳了出來說話，為了文珠，當然稍微些許是為了吳媽媽做的便當。

「吳慶祥，你要幫你媽拉生意，也犯不著這麼誇張吧！」若琳的個性很好強，說什麼都要說到贏才甘願。

「妳才誇張呢！照妳剛才說得那套報應的理論，我現在告訴妳，妳下輩子一定是賤命，先積點口德吧！」

由於班長講起話來，比手畫腳的，還學起若琳講話的樣子，動作顯得很娘、非常好笑，同學們都大笑了起來。

「你憑什麼這麼說若琳？」曉敏也跳了出來護友。

「我才覺得她憑什麼這麼說文珠呢！」班長不甘示弱。

「好，你要這麼護著文珠，我就叫我媽打電話去給比較熟的家長，叫他們不要訂你家的便當，我們自己花錢找人做，送這些人吃，看你吳慶祥還敢這麼囂張跳出來說話嗎？」曉敏出了狠招。

「對，魏曉敏，妳家有錢，大家都怕妳，可以了嗎？」吳慶祥悻悻然的說道，走到教室後面的公布欄。

上頭有一張紙，學校這次為了校務推廣募款，發動全校捐錢，而且規定把班上每個學生的捐款數字都列了出來，貼在各班的公布欄上。

吳慶祥就是走到那張公告的前面，指著那張紙說：「對，你們家捐錢捐得最多，那又怎麼樣，你們家就是教出妳這個仗勢欺人的女兒，有什麼好高興的？」

「有錢又怎麼樣？有這麼了不起喔？」吳慶祥挑釁的說道。

這時候窗戶外面已經圍著許多別班的學生，聽到班長這麼說話，他們就在走廊上鼓掌起來，鼓譟的起鬨著。

可能很多學生和家長，對於學校這次公布捐款數目的做法，並不以為然，慶祥的動作，打到同學的心底，大家更是用力拍手吆喝著。

「我不要待在這個學校了！我要回家！」魏曉敏真的收拾起書包。

「我們家這麼出錢出力，為這個學校的建設努力，結果呢？人家又不會感激我們，那又何必待在這裡呢？」

「對，有錢沒有什麼了不起，你們就自己去籌經費好了，不要來跟我爸爸要，行了吧！」魏曉敏走到吳慶祥的面前，撂完這句話後，就往校門口走了過去。

「我也要走，我爸也捐了不少，我們不要你們感謝，但是也沒有必要被羞辱！」高若琳也拿起書包走了出去。

魏曉敏的爸爸捐錢是全班第一名，高若琳的爸爸是第二名。前兩名的孩子都走了出去。

「你闖禍了！」有同學拍了拍吳慶祥的肩膀。

不用別人說，班長也知道自己惹了麻煩出來。

06

滿面豆花的班長

「吳慶祥，你真是個天才，會搞出這麼一……一個大窟窿出來，要我收拾……」李老師又好氣、又好笑的說道，說到有點結巴，不知該怎麼說才好。

「把全班兩個最難搞的家長打成沆瀣一氣，真的讓老師很敬佩你！」李老師想到必須要收拾的殘局，一臉苦笑著。

吳慶祥這次一句話也不敢吭聲。

「你知道老師絕對不是一個勢利眼的人，但是我們做人，也沒有必要得罪人到這個程度吧！」

「他們兩個的爸爸現在都在校長室，馬上就輪到老師我去校長室了，我光用想的，頭就很大。」李老師唉聲嘆氣的說道。

「老師，妳都沒有看見，他們兩個是怎麼仗勢欺人、欺負文珠。」

「我就是忍不住打抱不平……」班長愈說愈小聲，他看到李老師苦惱到整張臉都揪在一起，實在不好意思再說下去。

「我也沒有說你錯，我絕對瞭解你為文珠說話的心情，我也去她家看過，當然知道你的不平，但是……這個世界就是也有現實面……唉，怎麼說呢？」李老師真的不知道該怎麼解釋讓吳慶祥明白。

「老師只是覺得，別人說話傷人，我們也沒有必要像他們一樣，用那麼刻薄的話給回回去，你現在想想，這樣的做法，好嗎？」李老師覺得還是要機會教育，自己是當人家老師的人，要盡到做老師的責任。

吳慶祥低著頭，怯生生的搖了搖頭。

「說老實話，你也才小學三年級，老師也不覺得這件事有必要搞到這麼複雜，你下回控制一下自己的情緒就好了，知道嗎？老師不是怪你得罪這兩位有錢的同學，老師只是覺得你也沒有必要話說到那麼絕，下次控制一下就好，老師會扛起來的。」

「李老師，校長找妳。」指揮林老師到教師休息室來，替校長找李老師過去。

「唉，該來的總是要來，跑也跑不掉。」李老師低聲的說道。又拍了拍吳慶祥，要他回教室去。

結果慶祥才剛到教室，李老師後頭也就進到教室來。

後來還跟著一票人，有校長、指揮林老師，魏曉敏和高若琳，以及他們兩位的爸爸。

這一票人的表情都十分嚴肅。

班上同學坐在位子上，也正色了起來，不苟言笑。

「各位同學……」開口發言的是校長。

「校長要跟大家說明，我們學校的許多建設，特別是這個音樂班的很多經費，其實都是由我們這兩位家長委員的大力贊助……」說到這裡，校長清了清喉嚨。

「都是校長不好，在這之前沒跟大家解釋清楚，我們這兩位家長對於學校的貢獻有多大……」

「李老師……」校長要李老師站過來。

「跟兩位家長委員道個歉！」校長示意這麼說。

「校長……」吳慶祥站了起來。

「我願意道歉！」班長這麼說著。

「這件事是因我而起，我不應該對同學說話這麼苛刻，是我的不對，我還是這個班的班長，做了那麼壞的榜樣，真的很不應該，我願意道歉！」吳慶祥對著講台九十度的鞠躬。

「魏曉敏、高若琳，是我不對，請原諒我，老師平常都有教導我們有禮貌，是我的不對，我沒做到老師教我們的，我道歉！」吳慶祥再一次九十度的鞠躬。

「是我沒教好學生，對不起兩位家長委員。」李老師也對著兩位家長九十度鞠躬。

「我們家曉敏說她不想在這所學校繼續讀下去了。」魏曉敏的爸爸看到李老師和班長的鞠躬道歉還是下巴抬得高高的。

「我們家若琳也是。」高若琳的爸爸也跟著附和。

「這個學校不是來自教育部的經費，我們兩個加起來，就占了一半以上，校長，這你是知道的。」

「是啊，是啊，我們真的非常感激。」校長已經緊張到滿頭大汗。

「李老師、吳慶祥……」校長向他們又使了使眼色。

「對不起……」李老師和吳慶祥再次鞠躬，一直說著對不起。

「哼……」兩位家長嘴巴上沒說，鼻子倒是出聲了。

「你們覺得呢？」

「這樣滿意嗎？」高爸爸問起魏曉敏、高若琳。

「好吧，試試看，再繼續讀一陣子好了。」高若琳回答了高爸爸，而魏曉敏也點了點頭。

底下的同學，嘴巴上沒有說什麼，但是大部分人的臉上掛滿了不以為然的表情。

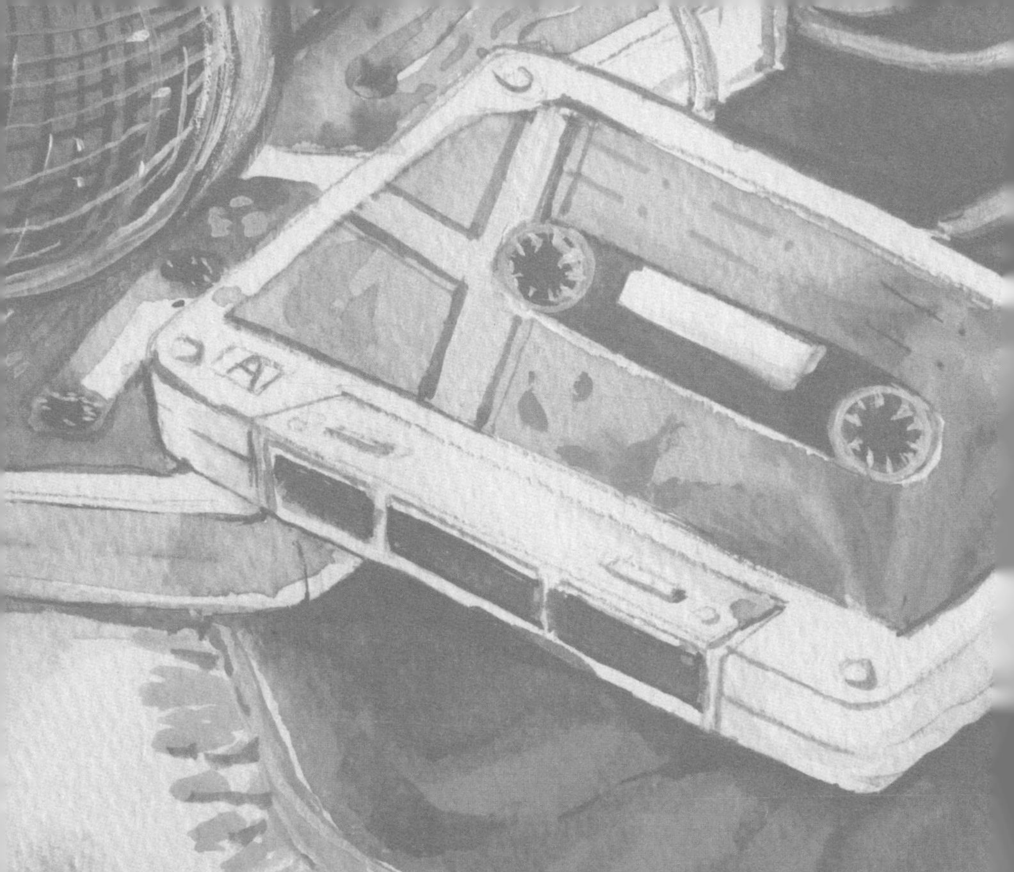

07 那卡西李琴師

「你覺得這樣對嗎？」下課後，同學們在教室外議論紛紛，還有其他班的同學也來參與意見。

「校長的嘴臉好現實喔！」

「難道魏曉敏、高若琳家有錢，他們怎麼做就怎麼對嗎？」有同學問起慶祥。

慶祥不發一語，什麼也不想多說了。

「對不起，讓你們兩位受委屈，事情是因我而起的。」文珠找到一個機會，同時遇到李老師和班長，特別向他們致意。

「別人射箭，我們不要自己伸手去把箭拿來射自己。」

「沒有妳的事，不要隨便太有罪惡感。」李老師這麼跟文珠說著。

「但是，老師……」吳慶祥發言了。

「為什麼魏曉敏和高若琳不需要向文珠道歉？她們兩個女生的嘴巴也很壞啊！」慶祥班長不解的問道。

「……」李老師一時語塞。

這時，他們三人也剛好到了教室，這個話題就告一段落。

傍晚到了唱那卡西的地方，文珠把這件事說了一遍，問起李琴師的意見。

「孩子，免我們的債，如同我們免了人的債。」基督徒的李琴師用主禱文回答了文珠。

「這個世界要計較是計較不完的啊！孩子。放過那些人，也放過妳自己吧！」李琴師這麼說著，還講了自己親眼看到的許多例子。

「我們千萬不要有仇恨，要不然我們會很容易變成像我們恨的那個人。」

李琴師在北投一帶，是個相當有名的琴師，六、七十歲的年紀，讓他看盡了這裡的風華與墮落。

李琴師說，他看過太多男人在這裡搞到家破人亡，而那個最恨爸爸這樣做的兒子，通常十幾年後，也到北投來重蹈覆轍。

「不要把自己的心裝滿了仇恨，太浪費了。」

文珠聽到李琴師這番話，她希望媽媽也能聽到，不要再把自己的心思，裝滿對爸爸的恨意。

「是啊，媽媽就是那麼的恨爸爸，以致於她根本沒有力量，讓自己站起來。」

旁觀者清，當局者迷，文珠在一旁看得很清楚。

她並不怪媽媽的軟弱，讓才小學三年級的自己要挑起家計。只是希望媽媽能夠想得開、過得更快樂些。

「媽媽還是常常嚷著不想活嗎？」李琴師問道。

「李琴師怎麼知道我媽媽會這樣？」文珠不解的問著。

「是介紹妳來的那個遠房親戚說的，她說妳媽媽最要命的一點，就是老是吵著不想活，妳爸爸那邊的家人都快煩死了。」

「孩子啊，會不會很累？」李琴師問著。

「媽媽出身的家庭很富裕，從小沒吃過什麼苦，一直沒辦法接受自己的人生會走到這樣子，尤其只要有人上門討爸爸的賭債，她就覺得被拖累，會更不能接受。」文珠繼續解釋道。

「我沒有覺得累，是已經習慣了，我要想辦法，讓自己活下去，讓媽媽和妹妹活下去。」

「來，文珠，這是剛才客人給的小費，趕快收下。」領班走了過來，塞起一把鈔票交到文珠的手上。

「領班阿姨，好像太多了，妳和李琴師又偷偷塞錢給我了喔？你們該賺的還是要賺，不要為了我，讓你們有損失。」握著那疊鈔票，文珠的心裡充滿感激，但是又很不好意思，合作的領班、樂師，總是看她年紀小，家境堪憐，常常把自己的那一份小費塞給文珠。

「不要這麼說，妳不知道李琴師他們是大本乞丐嗎？」李琴師和領班聽到這句話都哈哈大笑起來。

台灣這幾年經濟起飛，領班總是說，男人有錢了就作怪，大家就愛到北投、礁溪這些地方來談生意。

樂師們忙著在這一代的飯店穿梭，收入是一般上班族、甚至是公務人員的五、六倍，雖然社會地位不高，但是優渥的收入，讓他們都自稱是「大本乞丐」。

像李琴師，當兵的時候，誤打誤撞的到了聯勤康樂隊，在部落裡學了一身的好技術，什麼樂器拿到手上沒多久就摸會了，只差不會唱，但是誰是那塊唱歌的料，他絕對一下子就搞清楚了。

李琴師家是二二八的受難者，本來也是個書香世家，自從爸爸被槍斃後，家道中落，也才淪落到北投來討生活。

「來這裡過日子的人，總有別人不知道的苦衷。」李琴師總是這麼說。

原本還會怨天尤人的李琴師，在北投附近接觸了長老教會後，才慢慢走出生命的陰影，對於周遭家世可憐的孩子，也會多加照顧。

特別是有天分的孩子。

也難怪他會對文珠多一份關懷，也要求的嚴格。

「不要小看我們這些琴師，我們這裡可是臥虎藏龍的喔！」李琴師除了常常自嘲是「大本乞丐」外，這句話也常掛在嘴上。

最早的那卡西樂師，都是以木吉他和手搖鈴為樂器，後來才加上了手風琴，有些比較高檔的飯店會有鋼琴和電子琴。

李琴師因為會鋼琴和電子琴，才被尊成為「琴師」。

「沒什麼啦，就是最大本的乞丐而已啦！」李琴師總是這樣說。

那時候那卡西的演出，有點像後來時興的「不插電演出」，好的樂師和歌手都

是不看歌本表演的。

在那個年代，電視台的歌唱節目，每天還會規定要唱幾首「淨化歌曲」，就是愛國歌曲之類的。

樂師們總愛笑說，來到那卡西，就要唱「禁」化歌曲！

就是被國民政府禁唱的歌。

而且在北投，由於很多生意人交易的對象都是日本人，所以相當時興的「禁」化歌曲都是日本歌，而那些日本歌的歌本、唱片、卡帶，還都是託熟客遠從日本帶過來。

李琴師小時候受的是日本教育，再加上家境很好，學的是古典音樂，所以他演奏的日本歌，有一種很典雅的腔調。

他對文珠的要求也是正規班的要求，樂理、發聲練習，都要照表操課。

甚至是日本發音。

很多客人聽到文珠唱的日本歌和說的日本話，都大為驚嘆，問她日語是在那裡學的。

「實在很像那種上流社會講的日語。」日本客人總愛這麼說。文珠自己是分不出來。

「這些男人真奇怪，都已經來到這種地方，還要找高級的日語，這不知道是什麼心理？」領班阿姨老是不解的這麼說道。

08

禁唱

最近這一陣子，不知道為了什麼，北投和礁溪地區的警察，突然開始禁唱起那卡西。

本來是在掃蕩色情工作，掃著掃著，結果竟然也掃到那卡西樂師。

北投這一代總共有將近二十名的樂師被禁唱，李琴師就是其中一位。

「為什麼會這樣？」樂師們無不叫苦連天。

「我還有老婆、孩子要養，這不是要我們全家去死嗎？」年輕的樂師們更是哀號遍野。

「李琴師，我們要怎麼辦？我也要養媽媽和妹妹啊！」文珠問起李琴師。

「上有政策，下有對策，沒關係的，文珠，已經有飯店老闆在幫我們這些樂師奔走，妳不要擔心，而且還是可以私底下偷偷唱。」李琴師看起來不慌不忙、胸有成竹。

「偷唱？」文珠不可置信的問著。

但是還真的是有辦法偷唱。

帶頭幫忙的就是飯店老闆。

飯店和那卡西走唱，在那個年代，是魚幫水、水幫魚的活動。

在那個還沒有卡啦OK、沒有KTV的年代，酒後助興最上得了檯面的，大概就只有那卡西了。

那卡西在飯店走唱，飯店也不會抽成，還巴不得有樂師願意來。

飯店也不會給樂師、歌手鐘點費，收入靠的都是客人的小費。

這陣子警察抓得兇，不准那卡西在飯店演唱。有些夠義氣的飯店老闆就找人「把風」，樂師和歌手則是放低音量小聲唱，如果警察來了，把風的人會通知，樂師和歌手就趕緊從密道逃走。

「這樣感覺很像那種……」文珠說不出口那種行業。

「暫時先忍一忍吧！上面給點壓力，下面的人就要表功，警察說禁就禁，也不會顧慮我們要過日子，只能先將就些，一定會有辦法出來的。」李琴師無奈的勸著文珠，雖然他們一向光明正大的唱歌，沒做任何虧心事。

「而且，我們也要感謝飯店老闆願意冒這個險，人家也是冒著飯店被勒令歇業的危險，讓我們有一口飯吃，這個蔡老闆真是夠意思，以後我們可要找機會報答人家。」

「一切李琴師說了算，我一定配合。」文珠答應著。

這天，就在蔡老闆的店裡，文珠和李琴師都壓低了音量表演，外頭還是聽得見聲響，就有別家的飯店業者去「告官」了。

樓下的小弟通風報信後，文珠幫著李琴師收拾樂器，打算從後門逃走。

結果後門的另外一端不知道是堆了什麼東西，門怎麼也推不出去，文珠只好和李琴師在角落窩著，等待警察臨檢後再出去。

不遠處的樓梯間，有一些人在玩「番仔火」。

「番仔火」就是火柴棒，那時候常有人用火柴棒或是火柴盒當賭注在賭博。

「這些死傢伙，怎麼說都說不聽。」

也難怪李琴師會生氣，他一直耳提面命的要那個年輕樂師別沾上賭博的惡習，就是有人怎麼說都說不聽。

不知道是北投這一代的樂師特別的有情有義，還是李琴師受到長老教會的洗禮，他對於年輕一輩的樂師，真的算是照顧有加。

很多外地來的樂師，剛開始沒有生活費，李琴師都會自掏腰包，或是邀他們上他家住一陣子。

年輕的樂師沒有演出機會，李琴師總帶著他們拜託熟識的飯店老闆，給年輕人機會。甚至把自己的時段讓出來，就為了給對方一口飯吃。

不過，李琴師非常厭惡年輕人去賭博，尤其是樂師去賭博。

「那雙手是用來彈琴，不是拿去賭博用的！」他總是如此叱喝著年輕的樂師，好的不學，學這種會傾家蕩產的，真是要不得！

「當樂師是賺錢容易，這些年輕人在這種地方就是受不起誘惑。」

據李琴師所說，他曾經看過人玩「番仔火」，一個晚上就輸掉上百萬。那時候在文珠家附近，一百萬可以買上二到三棟的公寓，是一筆非常大的錢，很多公務人員存了一輩子都存不到的錢。

李琴師在後門的角落找了根木棍，要上前去「踢館」。

「李琴師，不好啦，你年紀大了，萬一有些地痞流氓不吃你這套，打起來，你怎麼受得了呢？」文珠試圖勸阻。

「我只去教訓我認識的那幾個樂師，他們總要賣我這個老臉的面子吧？」李琴師還是執意上前去。

看到認識的樂師，李琴師一木棍就打在他們屁股上。

「好痛啊！李琴師別這樣子啦！」有位年輕的樂師應聲叫了起來。

「下次再讓我看見，這一木棍就不是打在屁股上，而是打在手上，這雙手不好好的彈琴，拿去賭博，先把你打斷再說！」李琴師繼續追著那個樂師的後面，做勢還要打他。

「李琴師，下次不敢了啦，今天因為沒有琴彈，我才來這裡小賭一下，我沒沾上這個習慣啦！」年輕樂師哀求著李琴師別打了。

「你要這麼不長進，你就還我錢來，我當初給你錢生活，是要你有個正當的一技之長，不是讓你來賭的，與其讓你賭，倒不如還我錢，還用在正當的地方！」李琴師振振有詞的說道。

然後李琴師又去追打另外一位讓他撞見的樂師。

這種很像老子打兒子的場面，大家看了都呵呵大笑起來。

大概也只有李琴師有這個份量，可以拿跟木棍打人，還沒人上前阻止。

就在大夥兒笑成一團的時候，有位也在玩「番仔火」的賭客突然回過頭來。

文珠不相信的大叫著：「爸爸！」

結果那位賭客一聽到文珠喊爸爸，掉頭就往外面跑。

「爸爸！爸爸！」文珠苦苦的喊著、追著，但是爸爸只是跑得更快，頭也不回的向外面衝。

「爸爸！你怎麼不回家？爸爸……」文珠邊用跑百米的速度邊喊著，喊到臨檢的警察都圍了上來，以為發生了什麼事。

「小朋友，怎麼了？」警察攔住了文珠。

「我爸爸，那是我爸爸。」文珠哭著跟警察說。

連文珠都自己覺得奇怪，平常早就習慣了沒有爸爸的日子，但是今天看到他，還是很想叫他一聲，也希望他回過頭來看自己一眼。

結果這一喊，爸爸根本頭也不回的跑掉，讓文珠的心像是摔在地上一樣。

「爸爸為什麼要跑呢？」

「爸爸怎麼會跑到北投來賭博呢？」

「爸爸為什麼不回頭來看看我，跟我說話？」文珠的心裡有太多的疑問。

「爸爸……」文珠在警察的攔阻下，只能看著爸爸跑得更遠，最後，她用盡所有的力氣，喊了一聲爸爸。

那種哀戚，在北投的夜裡，竟然還有回聲在空氣中飄盪不已。

這一聲爸爸，有種冷颼颼的悲哀。

09

爸爸

經過兩個多月，在飯店業者的奔走下，再加上樂師不斷的到分局陳情，最後終於可以復唱。

但是卻要用登記列管的方式，接受管束。李琴師也是其中一位。

「真是太不公平了！」

「這樣會不會太羞辱人啊？」

「而且可能是要常常去管區報到，讓管區有機會跟我們要油水吧！」許多樂師仍然憤恨不平。

「李琴師，你覺得呢？你覺得公平嗎？」文珠問起李琴師。

「這個世界本來就不公平啊，沒什麼好說的，我彈好我的琴，妳唱好妳的歌，才是最實在的，這些是別人拿不走的。」李琴師開導著文珠。

「孩子，要記得，李琴師看太多了，人要有個一技之長，那是別人拿不走的，靠山山倒，靠水水倒，妳的才華是別人搶不走的，這才是妳真實的依靠。」李琴師跟文珠耳提面命的說著。

「李琴師，你應該說，上帝才是最真實的依靠才是。」文珠反倒提醒了李琴師，因為李琴師也常這麼說。

「當然，當然。」被提醒的李琴師反倒笑了起來。

「像妳媽媽，結婚前靠家裡，嫁了人想要靠老公，結果靠不到，然後就氣他，這不是很可憐嗎？」

「是啊！」文珠想起自己的媽媽，想到她那無止盡的怨懟，她不得不點了點頭，承認李琴師說的都是對的。

「但是，唱歌能唱一輩子嗎？」文珠反問起李琴師。

「可以的，日本有許多國寶級的歌手，妳有那個天賦，也要向他們學習，像他們一樣才是，我如果能夠教出一位國寶級的歌手，我不知道會有多高興啊？」李琴師自己說得都陶醉了起來。

「李琴師，我真的有那個天分嗎？」文珠問著。

「有的，孩子。」李琴師定定的跟她說。

「會不會是你很疼我，才這麼說，你比較偏心我。」文珠還是不可置信的問著，她不知道自己是否真有那麼好。

「我是用培養國寶級天后的規格在教育妳的，我相信我的眼光。」「妳有天分，也吃得了苦，以前我也曾經看到一位歌手，覺得她是塊料，結果她受不了我的訓練，早早就離開了，妳到現在還在這裡，李琴師我非常的安慰，覺得自己終於後繼有人了。」李琴師心得安慰的說。

他繼續的說道：「我從小沒有了爸爸，一直到了長老教會，才找到我天上的爸爸。妳或許也沒有地上的爸爸，但是，孩子啊！你不覺得我是你音樂上的爸爸嗎？孩子！」

文珠聽到這裡，眼眶整個都是紅的。

李琴師和文珠沒有興起那種收乾女兒或是拜師父的儀式，因為李琴師不喜歡那套東西，但是在情感上，李琴師的確早就是文珠父愛的依靠。

從那以後，李琴師對文珠的要求更嚴格了，也常常反問她：「妳想要怎麼唱呢？妳不能每次都依靠我告訴妳怎麼唱，妳要有自己的看法，才會創造出屬於自己的唱歌風格。」

領班阿姨看不過去，跳出來勸李琴師：「老頭子，她還是個小學生，你這樣嚴

格，哪個孩子受得了？」

李琴師靜默不語。

反而是文珠自己說話了：「阿姨，我知道李琴師的用心，他是在栽培我，不要緊的，謝謝李琴師給我機會。」

「阿姨，我是個幸福的孩子，有這麼好的老師願意教我，這是我的福氣。真的，我真的是這樣子想的。」文珠感恩的說著。

「妳這個孩子就是懂事，得人疼。長得漂亮，也長到人緣。妳一定會成功的，將來成功了，可不要忘記阿姨我喔！」

「不會的，我不會忘記阿姨的恩惠，也不會忘記李琴師的恩惠，你們都是我的貴人。」文珠再三感謝著。

「妳要做妳自己的貴人，別人的幫助都只是順勢，妳要先幫自己，造起那個勢，別人才能幫妳。知道嗎？千萬要記得。」李琴師開口說話。

「真是煞風景，李琴師就是這樣，我還在高興文珠把我當成貴人，你就要在那裡說教，真是的，我這輩子還沒有人說我是他的貴人呢！」領班阿姨掃興的說著。

那天上完班回去後，由於比較早走，回到家，文珠就在自己房間裡睡上一覺，準備早上上學。

結果爸爸回來了，跟媽媽在客廳說著話。

「你還知道要回來啊？」媽媽沒好氣的說著。

「文珠呢？」爸爸問起。

「在睡覺，準備等等上學去。」媽媽回說。

其實文珠聽到客廳裡的聲響，已經醒了，她只是假裝繼續睡著，正豎起耳朵，想聽聽看爸爸和媽媽說些什麼。

「妳怎麼讓她一個小學生去北投那種地方上班啊？」爸爸責怪起媽媽。

「你這是什麼意思，你不拿錢回來，我們母女三個人，光靠我做手工，根本吃飯都成了問題，你不檢討自己，一回來就來興師問罪……」媽媽聽到爸爸責怪的語意，非常的不能接受。

但是窩在被窩的文珠，卻有一點點的暖流經過：「原來爸爸還是關心我的，他也捨不得我這麼小就要去唱那卡西。」文珠在心裡這樣想著。

「對，我是不成材，但是我不會把我女兒往那種地方推。妳這個當人家媽媽的，到底是怎麼當的啊？」爸爸聲音也高亢了起來。

「沒辦法了，只有這條路走，而且我們託付的人是個好人，李琴師是個很有份量的樂師，文珠跟著他學，對她只有好處、沒有壞處，我才放心把她放在那裡。」媽媽解釋著。

「你是怎麼知道文珠在北投的啊？」媽媽反問起爸爸。

「我……我……是聽別人提起的。」爸爸回答到有點結巴，他提都不敢提起，曾經在北投遇上文珠，而且拔腿就跑。

在房間的文珠，也希望爸爸不要提起，免得為了爸爸賭博的事，他們夫妻倆又要大吵一架了。

「那收入好嗎？」爸爸問著。

「夠我們一家子三口人溫飽，而且客人看她是個孩子，小費還給得特別多，總算可以過點舒服的日子了。」媽媽的聲音聽起來特別的開心。

「那拿點錢來給我花吧！」爸爸毫不猶豫的開起口來。

「你這個男人要不要臉啊？」

媽媽拿起椅子上的椅墊，往爸爸的身上打去。

「你不拿錢回來也就算了，現在還有臉來拿女兒賺的辛苦錢，你憑什麼？」媽媽氣得邊講話邊發抖。

「憑我是她爸爸，我女兒賺錢給我用，有什麼錯？妳自己還不是也花女兒賺來的錢？」爸爸也講得理直氣壯。

媽媽氣得把爸爸給趕了出去。

在房間的文珠，聽到爸爸後來要錢的話，上次在北投摔在地上的心，這次完全都碎了。

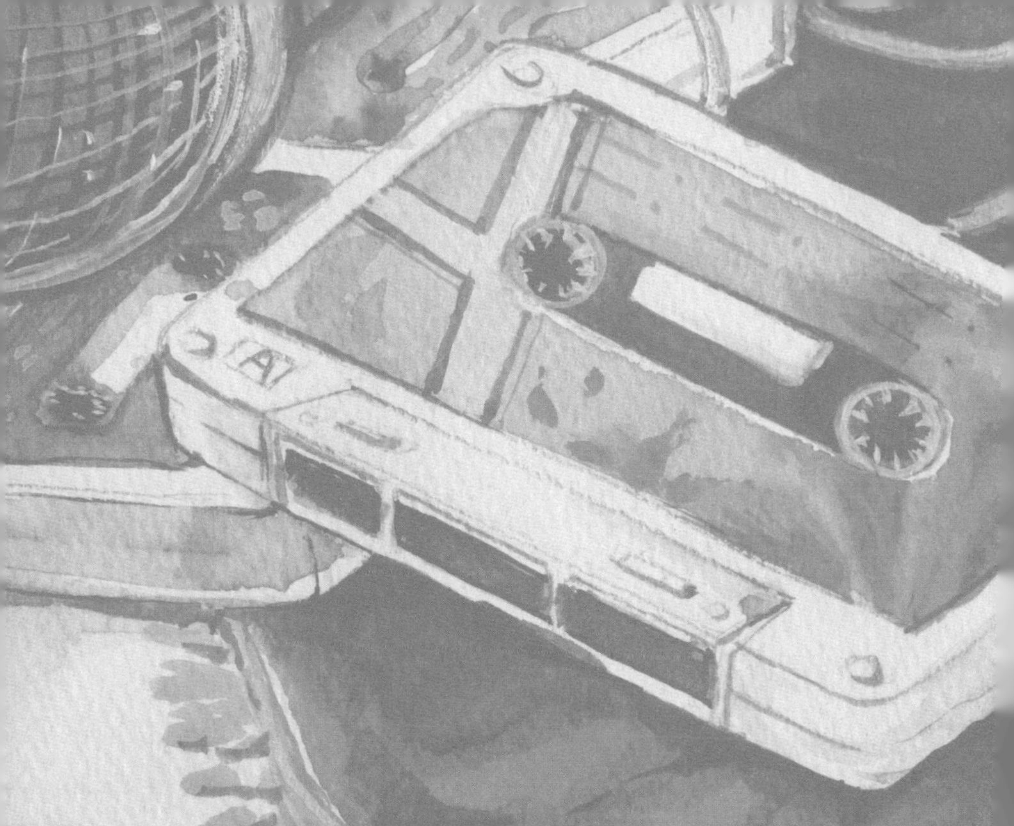

10 頂樓

以為自己心裡早已不在乎爸爸了，但是以為和真實似乎有著不小的差距。

清晨聽到爸爸和媽媽的談話後，讓文珠的心從雲頂掉到地心。

原本以為爸爸心疼自己……

「說到底，還是為了要錢！」想到這裡，文珠的心就有如刀割一般。

一整個上午，從練唱開始到上課，都沒辦法太集中注意力，她第一次感受到心痛是怎麼回事。

吳媽媽的便當，文珠也是隨便扒個兩口，就一個人往頂樓走去。

這裡是文珠的祕密基地，在這裡她可以安靜的一個人，稍微喘口氣。

文珠終於可以理解媽媽了，爸爸今天早上的那席話，沒說個幾句，卻讓自己有種生不如死的感覺。

「我的爸爸一絲一毫都不愛我。」

「他想到找我就是為了要錢。」

「連我自己的親生爸爸都不愛我了，這個世界上根本不會有其他人，可能真心的愛我。」

這幾句話連同爸爸早上說的，就不斷的在文珠的腦海中重複著。

她也很希望像按個錄音機的停止鍵，把這些聲音都停掉。

無奈愈想這麼做，那些聲音卻好像愈吵雜了起來。

「夠了！」文珠在這裡大喊著。

她爬到頂樓邊的柵欄上，站在上頭，心想只要躍過去，就跳到樓下了。

站在那上頭，她真的愈來愈可以理解，媽媽為什麼老是嚷嚷著不想活了。

「真的跳下去，就一了百了了，也沒有那麼多的重擔要背。」文珠看著地面。

「文珠，妳不要做傻事！」班長吳慶祥從後頭叫著，一把抱住文珠。

他們兩個人一起摔在頂樓的地板上。

「文珠，妳在幹什麼啊？」慶祥問著。

文珠低頭不語。

「妳是在尋死嗎？」慶祥滿臉不敢相信的表情。

文珠還是不說話。

「我們都是小孩子，妳怎麼會不想活了？」慶祥死命的搖著文珠的肩膀。

「我好累喔！我真的好累了！」文珠迸出這幾句話，而且大哭了出來。

「哭吧！盡量哭，我知道妳很辛苦……」慶祥抱著文珠，拍拍她的背，讓文珠好好的哭上一場。

「慶祥，你知道嗎？我爸爸一點都不愛我，他只愛我賺的錢，我不知道我媽媽是不是也是這樣？」文珠哭到聲音都斷斷續續的。

「你為什麼要救我？你為什麼要救我？」文珠握起拳頭打起慶祥。

「你就讓我走了吧！我為什麼要生在這樣的家庭？我的人生有什麼好期待的呢？」文珠繼續的哭訴著。

「文珠，我是愛妳的……」慶祥說出這句話。

「請妳相信我是愛妳的。」慶祥大聲的說著。

「連我自己的親生爸爸都不愛我了，我要怎麼相信別人會愛我呢？」文珠還是沒有停的哭泣，反問著慶祥。

「自從我去妳家後，我的心就一直記掛著妳……」

「妳不是一個人，妳有什麼事，都可以找我商量。」慶祥保證著。

「從今以後，我都會陪在妳身邊，請相信我。」

「我會保護妳的，不讓別人欺負妳。」慶祥不斷的說著這些話。

在這個時候，文珠真的很需要有個人能夠一直不斷的對她說著這些。

而慶祥就在這個時候出現了。

這個時間是那麼的剛好。

從此之後，慶祥和文珠簡直是形影不離。

照理說，在他們這個年紀的孩子，都還是同性朋友比較重要，甚至很怕別人笑他們喜歡異性。

「羞羞羞，慶祥愛文珠。」

「羞羞羞，女生愛男生，文珠愛慶祥。」常常有同學在他們兩個的後面，這樣說著。

不過慶祥和文珠完全不在乎別人怎麼說，他們兩個就是很喜歡黏在一起，一起做功課、在頂樓說悄悄話。連放學，慶祥也會送文珠回家。

「是啊，我就是愛文珠！」慶祥從來不避諱的這麼說，而且還在教室的桌子

上，用原子筆刻上「慶祥愛文珠」，再用愛心符號框起來。

這樣的愛的記號，慶祥也在頂樓的牆上，找上隱密的一塊地方，拿了爸爸的油漆畫上這樣的文字圖騰。

「以後我們老了，還可以一起來看！」慶祥對文珠這麼說。

慶祥這樣的愛，讓文珠對於世界的不安全感減輕了許多。

慶祥讓她願意相信，老天爺對她是友善的，在她走不下去的時候，送來個人，陪她走下去人生這條路。

而且會一直陪她走下去。

這個時候的文珠，是一直這麼深信不疑的。

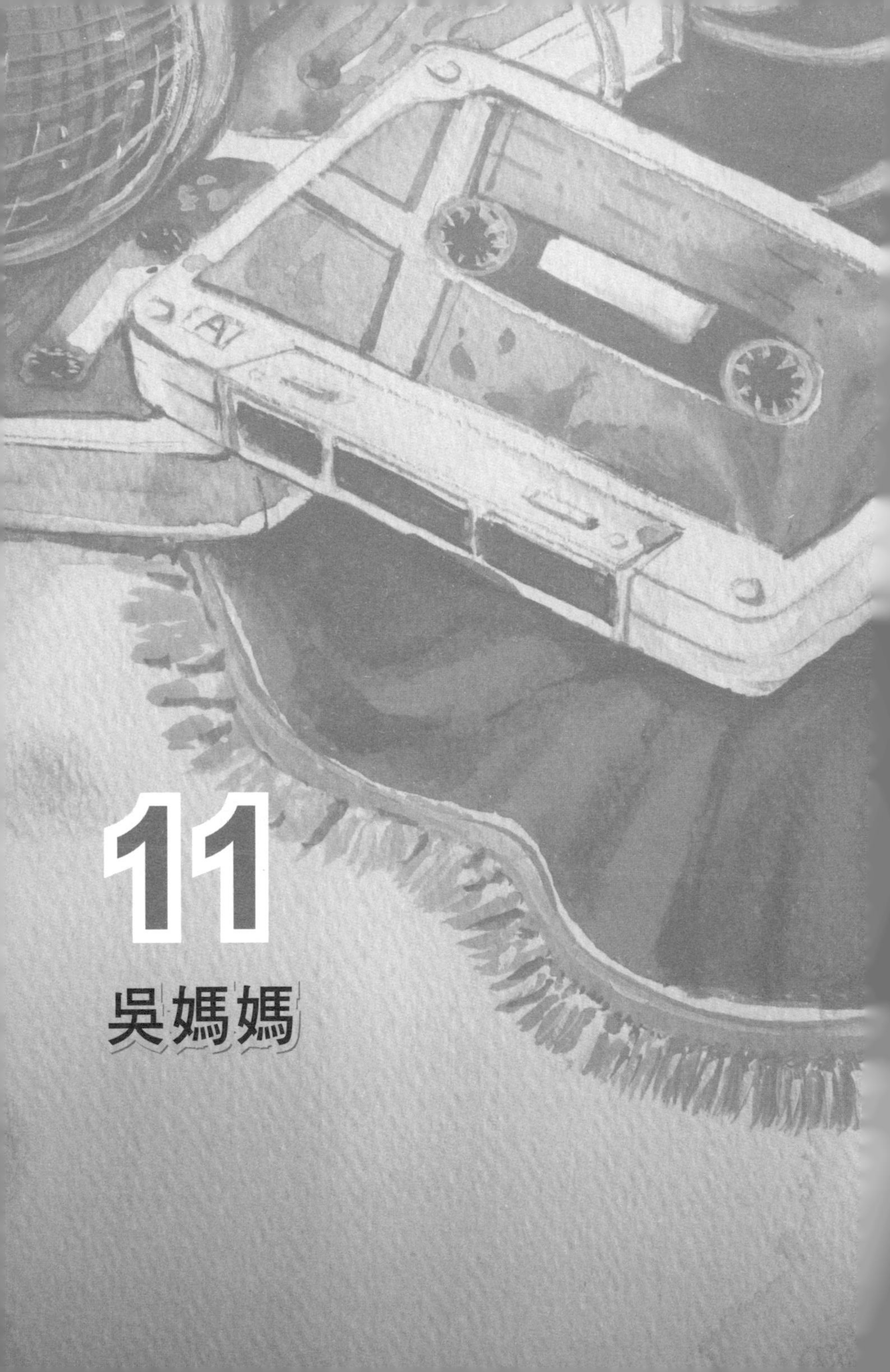

11

吳媽媽

吳媽媽對文珠的態度，也讓文珠期待她和慶祥有個美好的希望。而她的生命，真的很需要美好的希望。

吳媽媽一直很喜歡文珠，即使李老師後來因為先生的工作，跟著調到南部，無法訂吳媽媽的便當。

吳媽媽還是自動的幫文珠準備便當。

「這是我們吳慶祥的媳婦，當然她的便當要做得好一點啊！」吳媽媽老愛偷偷的幫文珠加菜，並且理所當然的說著這個媳婦已經被他們吳家訂下來了。

「文珠，我媽媽偏心，她對妳比對我好。」慶祥總是這麼說，而且還會假裝吃醋的模樣。

文珠也知道吳媽媽對自己的好，所以吃完中飯後，她會先把訂購吳媽媽便當的便當盒拿來洗好、晾乾，再讓慶祥拿回家給媽媽。

「我家的媳婦現在就在幫我做生意了！」這個動作讓吳媽媽更樂了。

反倒是文珠的媽媽看不過去。

「什麼媳婦、媳婦的亂叫，還小學呢！說什麼媳婦，太早了吧！」王媽媽對於吳媽媽這樣的喊法，一直很看不過去。

「她這樣亂喊，妳可別自己就這樣以為。」媽媽一直對文珠耳提面命。

「妳還小，媽媽情願妳長大了，多認識認識朋友，不要一頭栽進去，像媽媽一樣，沒看清楚就結婚……」其實文珠聽到這裡就已經很煩了。

「妳要聽媽媽的，我就是當初沒有聽我爸爸媽媽的話，嫁給妳爸爸，才讓自己過得這麼窩囊，妳一定要把我的話聽進去，對妳只有好處沒有壞處，知道嗎？文珠！」媽媽總是唸個不停。

「好啦！」文珠知道如果不應一句，媽媽還會繼續說下去，總是虛應一應故事，心裡有點心不甘情不願的。

自己媽媽的話，文珠真的都拋到腦後，反倒是吳媽媽常邀文珠到他們家裡玩，文珠還比較起勁。

吳爸爸長年在外地工作，吳媽媽很喜歡熱鬧，常要慶祥帶著文珠到他們家玩。

慶祥家也有個妹妹，他們三個人常在一起寫作業、玩玩具。

吳媽媽會做些點心，讓他們在寫功課時可以一邊吃、一邊寫。

在吳家，文珠真的比較能體會到家庭的溫暖。

「這樣才算是個家吧！」文珠總是這樣想著。

回到自己家，媽媽除了怨歎還是怨歎，自己聽了，除了更心煩外，根本沒有其他的好處。

即使是小學，文珠也巴不得乾脆明天就嫁到吳家去算了。這樣可以不用面對自己家的一切。

那些不愉快的一切。

12

出唱片

文珠從小學升到了國中。

和慶祥還是在同一所國中，但是在不同班。

在北投的那卡西走唱生涯，文珠也漸漸闖出名號。

有媒體稱文珠是台灣的「學生國民歌姬」。

這當中有許多飯店都強力邀請文珠和李琴師去駐唱，但是當時北投麗新飯店的蔡老闆，在禁唱時冒著關店的危險，給了李琴師和文珠一個方便，他們非常感念在心，於是大部分的時候，還是在蔡老闆的店裡表演為最多。

蔡老闆還為文珠和李琴師做了大型的看板，放在店門口，作為招攬顧客的強力宣傳。

而整個北投地區的那卡西，這些年來也變化得相當快。

木吉他、手風琴開始變得落伍。

由於之前那卡西的風行，很多年輕人見這個生意好賺，紛紛投入，電吉他、電子琴開始普及，那卡西走唱也變得花俏了起來。

很多老樂師為了生活，也開始學起電子樂器。

文珠和李琴師倒是比較沒什麼差，北投地區的業者常說他們這一組搭檔是「實力派」的中流砥柱，不受環境變化的影響。

「李琴師，謝謝你，從小就非常要求我的基本功，讓我可以不受環境改變，而擔心沒飯吃。」文珠常常這麼跟李琴師說。

「文珠啊，基本功下的功夫愈深，將來妳就可以走得愈遠。這個道理妳一定要切記在心。」

「也是妳自己當初吃得了苦，妳要感謝的話，就要感謝妳自己。我現在也是沾妳的光，多少人是為了來看妳，才聽我彈琴的，是我要謝謝妳讓我有一口飯吃啊！」李琴師非常得意有文珠這個高徒，說這個話時，絕對沒有吃醋的酸味，而是非常歡喜自己的音樂生命，有人可以傳承衣缽。

「先生千萬不可以這麼說，我擔待不起。」文珠說的「先生」兩個字，還是日本發音，在她心裡，李琴師絕對是再造父母，甚至是比父母還要親的人。

「啊，文珠，李琴師，剛好你們兩個都在，我正要找你們聊聊。」北投麗新飯店的蔡老闆走了過來。

「我們正在為上台做準備，等等表演完再談，好嗎？」李琴師非常注重上台前的準備工作，那也是他認為的基本功之一。

「當然好，李琴師的認真讓我這個飯店老闆也非常的敬佩，那麼晚點聊、晚點聊，不打擾你們兩個練習。」蔡老闆說著。

那天晚上表演時，蔡老闆和幾位朋友，也坐在店裡頭，專心的看著表演，幾個人不停的指著文珠，然後交頭接耳的，不太尋常。

下了台，他們一行人馬上迎上來。

「來，文珠、李琴師，我跟你們介紹一下，這兩位是我的好朋友謝董和黃董，他們兩個專程從下港上來，聽你們兩個的表演。」

「來來來，這一桌坐，坐下來聊。」

「是這樣子的，李琴師，你也知道這幾年北投那卡西的變化……」蔡老闆也開門見山的說。

「我是個做生意的人，當然要想辦法因應環境，我覺得如果繼續下去，那卡西一定會被淘汰。」蔡老闆這麼說。

「我也知道。」李琴師點點頭。

「我一定要多角化的經營……」蔡老闆伸出雙手，指著全飯店。

「我有一個想法……」蔡老闆指了指謝董和黃董。

「我們三個人想來開個唱片公司，想找文珠出唱片，李琴師可以當合作的製作人之一，怎麼樣，一起來賺個大錢吧！」蔡老闆說到這裡，眼睛都發亮了。

「是我跟他建議的啦！」謝董插進話來。

「既然很多人為了聽文珠唱歌來飯店，幫文珠出張唱片，不只唱片有可能賺錢，可能更多的人會來飯店觀光，不是一舉數得嗎？」謝董洋洋得意的說著。

「這一天終於來了啊！」李琴師嘆了很大的一口氣。

「李琴師也這樣覺得嗎？」蔡老闆驚訝的說。

「我知道文珠這個孩子，一定有這一天，只是比我想像中的來得快啊！」李琴師淡淡的說著。

「李琴師，你可以當文珠的經紀人，她是你栽培出來的，你最瞭解她，當經紀人也可以抽成，你也不吃虧。」蔡老闆跟李琴師建議著。

「再說吧！」李琴師笑了一笑。

「文珠的意思呢？」蔡老闆問起來。

「我都聽李琴師的安排，他是我的師父，他說的算數。」文珠非常信任李琴師，對她而言李琴師扮演著亦師、亦父、亦友的重要角色。

「李琴師要趕快跟文珠簽約，當她的經紀人，她要發了，以後就靠她抽成就可以過好日子囉！也不枉費你對她的一片心血。」三位老闆異口同聲的說，一臉羨慕李琴師的樣子。

「李琴師，那我們什麼時候簽約？」等到他們三位離開了，文珠趕緊問起李琴師。

「我有說要簽約嗎？那是他們說的，不是我說的。」李琴師正色的說著。

「可是不簽約，好嗎？」文珠不解的問道。

「我就是個琴師，找我當經紀人，對妳並不好，沒有辦法幫助妳拓展事業，孩子，我考量的是這點。」

「我想幫妳另外找個有力人士，當妳的經紀人，這樣妳的演藝路才會比較

順。」李琴師跟文珠說明他的計畫。

「但是，我希望可以讓李琴師抽成，就當我孝順你老人家對我的栽培啊！」文珠懇切的說著。

「妳有這個心意就夠了！孩子。」李琴師一臉欣慰的表情。

「但是我知道妳簽到我這裡，是綁住了妳，我不能這麼做，這樣太大材小用了！」李琴師微微的笑著。

「妳能這麼想，我已經很安慰了，也不枉費我們師徒一場，但是我只能幫妳到這裡了，接下來要有更好的人來幫妳，知道嗎？」

「我不要……」文珠說到這裡，已經有點哽咽了。

「那你往後的日子怎麼辦呢？」文珠關心的問著。

「不要小看我喔！」李琴師表現出老當益壯的模樣。

「當琴師的這些年下來，我早就可以不要工作，安養天年了，妳不用擔心我，往妳能夠飛的最高的地方飛去吧！孩子……」

「李琴師……」文珠開始哭了。

「不要哭，我這輩子只能到這個地步，看到妳飛到很高、很遠的地方，就好像你替我飛到那裡一樣，妳不知道，我有多開心啊！」李琴師的眼神真的看到很高、很遠的地方一樣。

文珠的哭泣裡頭，有感傷、也有感動。

感傷的是，聽起來跟李琴師在一起的時間似乎愈來愈少了。

感動的是，老天爺真的對她很好，她的親生爸爸想要從她這裡拿錢，老天爺就送來個音樂上的爸爸，一心只想為她好。

不為自己的利益，只求她能夠好。李琴師這樣的心意，讓她好生感動。

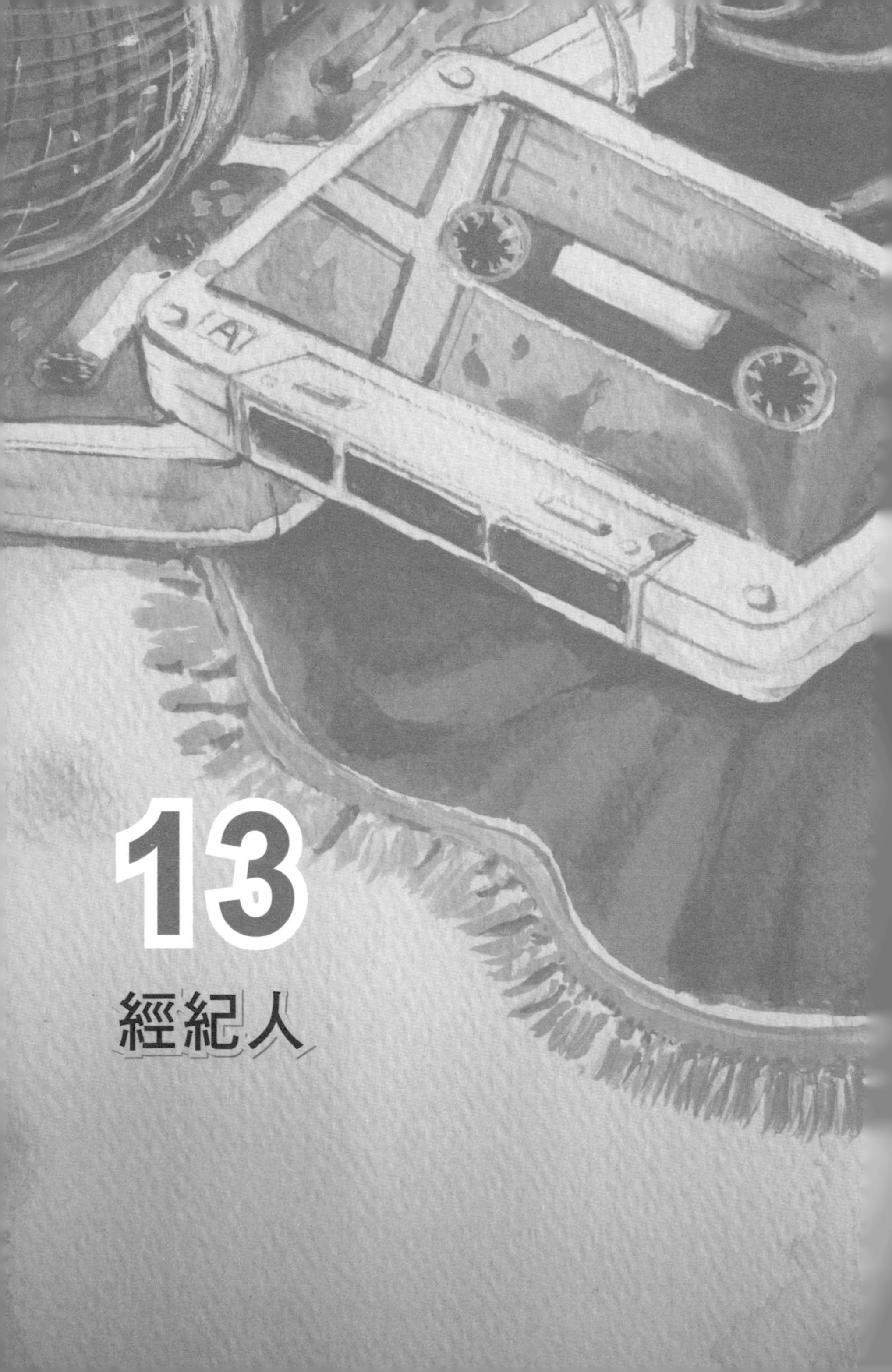

13

經紀人

李琴師為文珠找的經紀人叫做何美瑜。她是一位老牌的電影明星，有「最美麗的美人魚」之稱，和她的名字有著互相輝映的稱號。

何美瑜小姐是一位紅遍亞洲的電影影后，她自己有一個經紀公司，專門處理自己演藝工作的相關業務而已。

六十幾歲的何美瑜，現在演出的角色，幾乎是為她個人量身訂做。她並且相當擅長宮廷戲的太后角色，所以很多人又稱她為「太后娘娘」，或者是「演藝圈的太后娘娘」。

「李琴師為什麼會找何美瑜小姐當我的經紀人？她是演電影的，也不唱歌啊？」文珠不解的問著李琴師。

「沒錯，她的經紀公司不大，跟其他的大公司比起來，的確規模算小的，她也不唱歌，我有我的用意……」李琴師跟文珠解釋著。

原來何美瑜跟李琴師一樣，都是二二八的家庭出身，原本家境都非常好，是那種本省人的精英家庭。

後來家道中落，何美瑜就進了演藝圈，李琴師則到北投當了樂師。

「演藝事業雖然不看重學歷，但是多讀點書，人的視野會不同，也就不會炒短線。這個圈子的重點在於……」

「紅不是重點，重點在於紅多久？能否長長久久的走下去才是重點。」李琴師跟文珠提醒著。

「何美瑜能夠在競爭激烈的演藝圈活到現在，而且正正派派的，像個演藝圈的公務人員一樣，我希望妳能跟她學習，當個光靠歌藝就能服人的歌手，也不枉費我帶妳一場。」

「可是，我們想找何美瑜當經紀人，人家就會收我嗎？」文珠實在不相信有這麼好的事情會發生。

「我找過她，她賣了我這個老臉一次面子，願意當妳的經紀人。」李琴師跟文珠解釋著。

原來李琴師和何美瑜的家族是世交。

在發生二二八變故的同時，雙方家庭在困苦裡也互相扶持，兩家人的確有非常深厚的情誼存在。

從書香世家到從事不為人所敬重的行業，李琴師和何美瑜有一種惺惺相惜的患難之情。

雙方的親戚和友人也曾撮合過兩人，無奈李琴師覺得自己配不上女方，所以一直沒有進展，不過兩人的交情仍然非常友好，是說得上話的好朋友。

剛開始，何美瑜聽到李琴師的請託，第一時間是拒絕的。

「她是個國中生，這樣我的壓力好大，這麼小的孩子，感覺要對人家的一生負責任一樣，我沒辦法。」何美瑜是這麼說的。

後來李琴師跟何美瑜說了文珠的家庭狀況，想到自己沒了爸爸，也是靠自己一個女孩子撐起一整個家的重擔，何美瑜這才答應。

「原則上是答應當她的經紀人，不過，我想單獨跟這個孩子見個面，總要合眼緣吧！不喜歡她的話，怎麼幫她推事情呢？」何美瑜留下一個但書，但也是合情合理的要求。

於是文珠就帶著忐忑不安的心情，在何美瑜說好的時間，到她的經紀事務所去了一趟。

在等候室裡，文珠的心跳簡直就要破表了。

「萬一她不喜歡我該怎麼辦呢？」

「她可能會看不上眼我這個土包子吧？」

「人家已經是國際知名的電影明星了，我只有在北投唱過那卡西而已，感覺一點都沒有見過世面啊！」

這些念頭在文珠緊張的心情下，更加雪上加霜。

「王文珠小姐，何小姐請妳進去。」祕書到等候室請文珠到何美瑜的辦公室。

「嗨，文珠嗎？我是何美瑜，來，請坐在這個小圓桌的前面。」

「妳喝花茶嗎？」何美瑜問起文珠。

「我從來沒有喝過花茶，不知道那是什麼？」文珠不好意思的回答。

「沒關係，我幫妳調製一杯，就在這個小圓桌上。」

就看到何美瑜忙進忙出的拿起茶葉罐，還有果醬，東弄西弄的，弄出一杯紅色的熱飲，放在馬克杯裡頭，遞給文珠。

在這一段的過程中，文珠也放下了不安的心情，因為何美瑜很熱情的招呼著文珠，還那麼認真的幫她這位小輩做花茶，文珠的心裡已經喜歡上這位影后了。

「我聽過妳的試唱帶了。」何美瑜說著。

「我是很喜歡，但是我必須坦承，我不是歌唱的專業，憑的只是個人的好惡，不過我對老李的品味是很有信心的。」

「老李？」文珠第一次聽到有人稱呼李琴師是老李，因為大家都非常敬重他，從來沒有人這樣叫他。

「哈哈哈，是啊，老李，我一直這麼叫他的，不像大家都叫他李琴師。我們認識五十多年了，當然有資格叫他老李囉。」

「只有老太婆有資格叫他老李，小朋友沒有資格。」何美瑜自嘲的說。

「妳知道為什麼老李要我來當妳的經紀人嗎？」何美瑜問起文珠。

「李琴師要我跟您學習怎麼當個演藝圈的公務員，長長久久的走下去。」文珠說著她所瞭解的狀況。

「妳覺得妳自己做得到嗎？」

「可以的。」

「為什麼有把握這麼回答。」

「因為從小學三年級開始表演，我就已經像個公務員一樣，在北投的那卡西當公務員了。」文珠真的這麼覺得。

「辛苦嗎？」

「剛開始很怨，但是後來慢慢發現這可能是老天爺的安排，讓我的一生跟別人不太一樣……」文珠老實的回答。

「不擔心從事這個行業，被別人瞧不起嗎？會不會很不平衡，很想大撈一筆呢？」何美瑜露出一種調皮的、促狹的表情。

「剛開始也會，有一次看到奧黛莉赫本的報導，她的爸爸本來是個銀行家，大戰時期所有人的家庭都不好，她就進了演藝圈，當時也是個不受人尊敬的行業，長久下來，大家也都很尊敬她。」

文珠繼續說道：「我領悟到，尊敬不是要來的，是自己表現出來的行為，人家願意給我們尊敬，日久見人心，這我不害怕。」

「是想改善家境，但是家庭環境也已經在改善中了，該我的跑也跑不掉，真的不用費勁去撈。」文珠把李琴師這些年來的「基本操練」，都說了出來。

「好，有妳這幾句話，我就安心了。」何美瑜鬆了一口氣的樣子。

「我很怕妳要大撈一筆，我也不是這塊料。但是妳想好好的做，我倒是可以幫得上忙。」

「回去跟老李說，我可以當妳的經紀人，不會辜負他的託付的。」何美瑜豪氣的說道。

就這樣，文珠有了個影后、天后、「太后娘娘」等級的經紀人了。

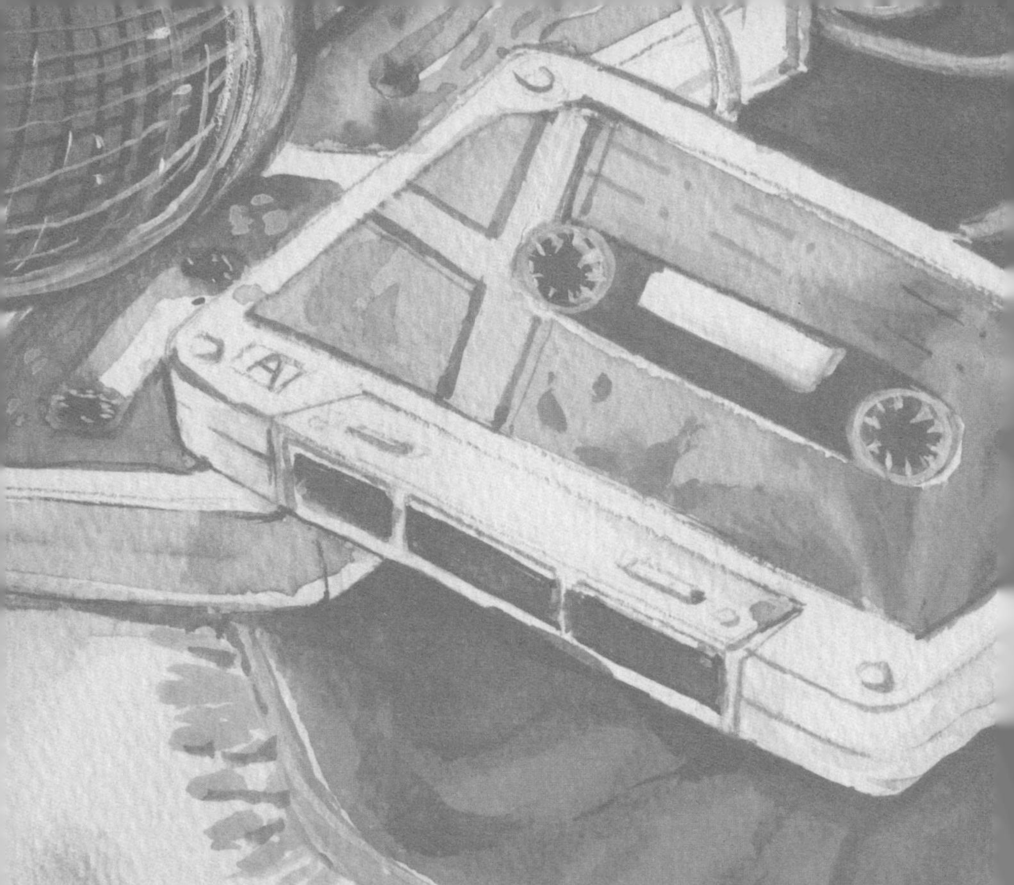

14 爸爸又來了

文珠有了經紀人，還是個大牌明星何美瑜。

「文珠，真的是太好了！」媽媽開心到了極點，文珠從小到大，從來沒有看過媽媽這麼開心過。

「誰敢再說我生女兒沒用，我女兒多有出息啊！我女兒要做大明星了！」媽媽有一種終於出運的感覺。

「姊姊，恭喜妳，妳當了大明星出國表演，要記得帶我去喔！」小學的妹妹不忘叮嚀著文珠。

「還早呢！妳想得美！」文珠指了指妹妹的額頭，笑說這個妹妹愛玩卻又貪心，捨不得拿自己的零用錢出來。

「姊姊，那我們去慶祝一下吧！最近西門町開了一家新的牛排店，我們去慶祝妳要當大明星了，好嗎？」妹妹建議著。

「好啊，帶媽媽去嚐個新鮮。」文珠也附和。

文珠家這三個女人，因著文珠走唱的收入，生活的確改善了不少，偶爾去吃個大餐慶祝，已經是他們能力範圍內的事。

「媽媽覺得呢？」文珠問起媽媽。

媽媽也點了點頭。

於是他們去巷子口搭公車，往西門町出發。

回來的時候，妹妹還陶醉在那份大塊的牛排上，但是講著講著，妹妹突然大叫了起來。

「妹妹，怎麼了？」媽媽嚇了一大跳。

「媽媽，我們出門的時候，燈全都關了，可是妳看，我們家一片燈火通明，還有人影在走動，是小偷嗎？」妹妹說話的聲音都在發抖。

「我們家的財產啊……」媽媽一想到家裡一些值錢的東西，馬上就往家裡衝過去，也不擔心有什麼危險。

看到媽媽跑得那麼快，本來想先報警的文珠和妹妹，也跟在後頭，怕媽媽遇上兇惡的壞人。

等到這三個弱女子到了家門口，一個男人突然往外面衝出來。

結果竟然是爸爸。

他拿了一袋東西往外跑，媽媽則是死命的抓住他，邊問說：「你到底拿了什麼，快拿出來，拿出來！」

「我拿屬於我的東西，不行嗎？」爸爸用力的把媽媽一甩，媽媽倒在地上，爸爸則自顧自的往樓下跑。

爸爸看都不看文珠和妹妹一眼。

媽媽起身後也不去追爸爸，急忙跑進家裡頭。

家裡杯盤狼藉，爸爸看起來很像是在家裡狂撈東西、又狂吃一頓，整個房間都被翻過一次。

「這個不要臉的東西，比小偷偷得還徹底。」媽媽痛聲的罵著。

媽媽隨即想起了什麼，往自己的房間跑去。

「房地契不見了！」房間裡頭傳來媽媽的驚聲尖叫。

「他真的對我們母女三人做得出這種事！」媽媽瘋狂的在房間到處翻著，原本被爸爸翻過的地方，媽媽又再搗了一次。

「一定是我看錯了！」媽媽不可置信的說。

「媽媽，房地契不見了有什麼關係呢？再去申請一張就好了。」妹妹不解的問著媽媽。

「這個房子是你們阿公留給爸爸的，所以房子是爸爸的名字，他如果把房地契拿到手，他就可以把房子賣掉了！」媽媽氣喘吁吁的說著。

「他當我的先生，當你們的爸爸，真的要讓我們流離失所啊……我們要怎麼活下去啊？」

媽媽又開始不想活的樣子。

「媽媽，不要怕！還有我在！」文珠安慰著媽媽。

「媽媽，真的不要怕，我們還有錢可以租房子，先租房子，我賺了錢就可以買棟好一點的房子，讓妳住得好一點啊！」文珠堅強的說著。

「這棟房子就是錢啊！我想到這些錢就心痛啊！」媽媽不甘心的哭喊著。

文珠很大氣的說：「房子沒了就沒了，反正這棟房子常常有人來討債，都是爸爸的賭債，我們搬到一個爸爸不知道的地方，也圖個清淨，妳也不會被那些討債的人搞得神經兮兮的，這樣不是很好嗎？」

「是啊！是啊！媽媽，我們換個漂亮一點的地方去住，這裡也是很舊的公寓了……」妹妹聽起來也非常高興脫離這個舊房子。

「你爸爸這個不孝子，把妳們阿公的房子要給敗光了，一點也不顧念我們，這個無情無義的爛男人！」媽媽搥一搥心肝，又搥一搥地板，彷彿有太多的不甘心都想搥出來。

「妹妹，我們現在就來收拾，把房子整一整、打包，準備搬家。」文珠斬釘截鐵的說著。

文珠是個做事很徹底的女孩，她想既然要搬家，就搬得遠遠的，不要讓爸爸找到，省得找上門的都是烏煙瘴氣的事情。

「妹妹，我們都轉學，好不好？」

「好啊！我沒差，只要住得比較好，我很樂意啊！」貪圖享受的妹妹，一點都不會不捨得。

「姊姊，反倒是妳，捨得轉學、搬家，離慶祥哥哥遠遠的嗎？」妹妹反問起文珠這個問題。

「唉……」文珠嘆了一口氣，這的確是她心口上的痛。

「反正妳現在要發片了，先把自己的工作顧好，慶祥如果有心，妳搬到哪裡，他也會跟來的，這點妳就不用擔心了！」聽到慶祥的事，媽媽似乎才想起來，積極準備想要搬家。

「那我們就搬去北投附近好了，這樣我晚上可以多唱幾場，多點收入，一方面付房租，一方面多存點錢，準備買棟我們自己的房子。」文珠跟媽媽、妹妹商量。

「好耶！北投那裡有些花園洋房，看我們能不能先租上一棟，姊姊現在要當歌星了，也要住好一點的地方，才顯得自己是個大明星啊！」妹妹不知天高地厚的建議著。

「是啊，而且搬去北投，離我經紀公司的地址也比較近，我可能要常常去找何小姐，這樣工作也方便許多。」文珠盤算著。

「好奇怪喔，爸爸把房地契偷走了，我反而沒有難過的感覺，好像我們一家這三口人，會有個全新的開始，還滿有希望的。」妹妹在那裡樂著。

「是啊，我也好像呼吸到新鮮的空氣一樣。」連媽媽都這樣說。

「那就好，這樣就要動作快一點。」文珠看到喪志的媽媽都燃起希望，她覺得打鐵要趁熱。

至於慶祥，文珠真的考慮不到那裡去了。

能夠擺脫爸爸的一切，才是她現在最大的考量。

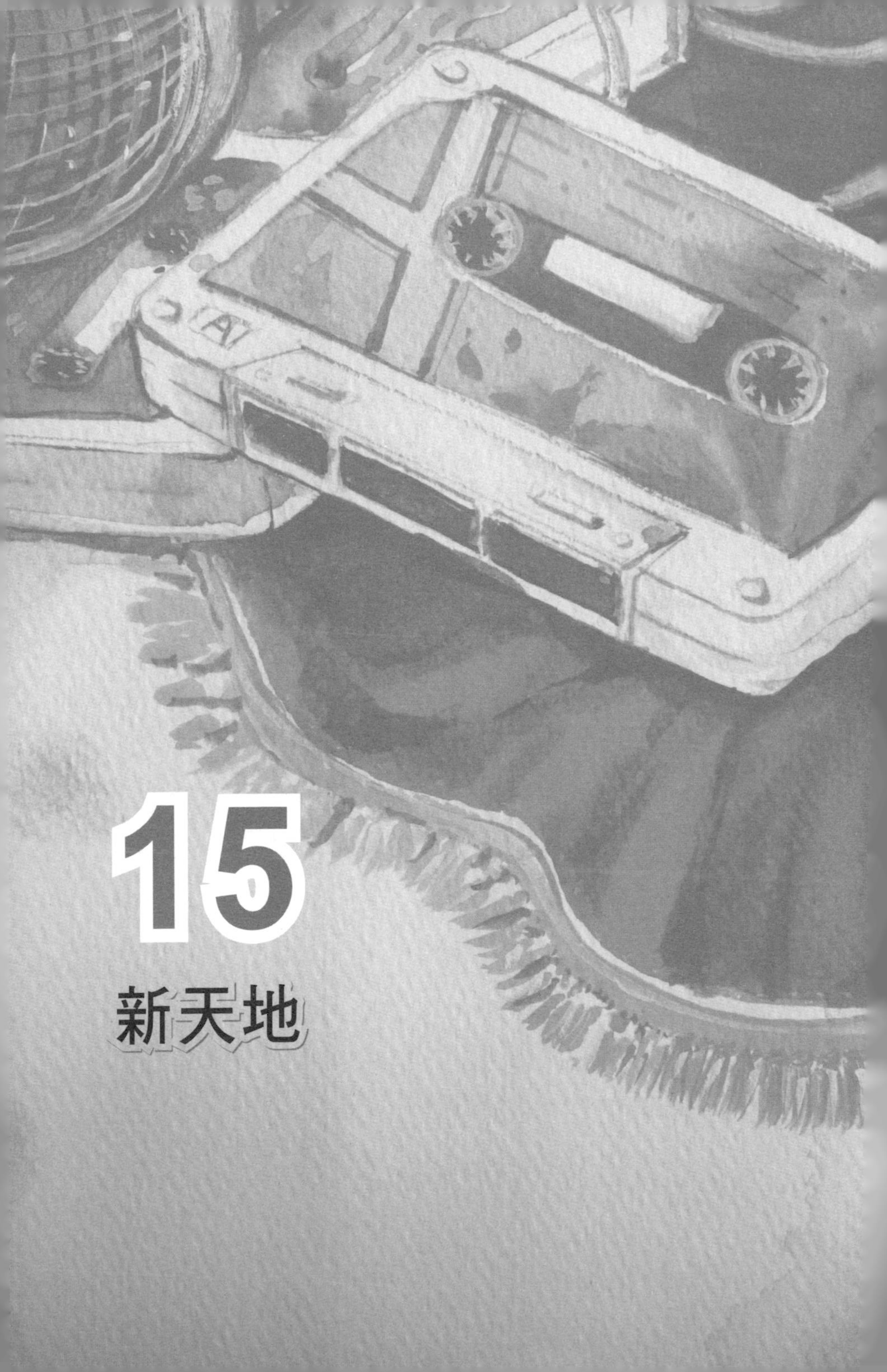

15

新天地

結果文珠一家三口女人，三天就搬好家了。

要搬家的那天，屋子裡的客廳堆滿了東西，像座小山丘一樣，文珠還花了上千元找人清，才把那些東西都清走。

由於文珠找了間不錯的公寓，是北投麗新飯店的蔡老闆幫忙找的。

他在那一代頗有地緣關係，找到又便宜又漂亮的好房子。

公寓的房東想要移民，但是心意尚未確定，想說把房子先出租，但是希望有個好房客，等於幫他們全家顧房子。

蔡老闆出面，價錢非常好談。

對方比較沒有太在乎房租的多少，倒是希望房客能夠好好的照顧房子，比較合乎他們的心意。

知道文珠一家三口都是女生，也覺得應該可以把房子打理得乾淨，非常爽快、用低於行情兩千元的價錢，就把房子租給文珠了。

那棟公寓，當初房東花了不少錢裝潢，夠資格稱得上是棟小豪宅。

「媽媽，盡量把不要的東西都丟掉，新家的裝潢非常漂亮，該有的都有了，這

些舊家具就全都不要了！」

「好好好……」媽媽很奇妙，很多上了年紀的人，都捨不得丟東西，文珠的媽媽，反而愈丟愈有力量的模樣，好像把那些不愉快的回憶都丟掉，整個人的精氣神顯得異常的好。

「早知道這樣，就早點搬離開這裡，媽媽也可以得到重生。」文珠看著媽媽，從心裡發生喟嘆。

「真的，媽媽好像重新活了過來一樣。」連小學的妹妹都看出這點。

因為幾乎全扔掉，所以文珠他們也不需要搬家公司，各拎著一只皮箱，像是去住大飯店一樣，出門後就再也不回來這個舊家了。

媽媽和妹妹，帶著三只皮箱坐上計程車往新家出發。

文珠說是要辦理轉學手續，其實也是到慶祥家去了一趟。

「太突然了吧！說搬家就搬家！」慶祥和媽媽、妹妹，都不可置信，這麼一大家子，三天就搬好家了。

「這個舊家的回憶太糟，幾乎沒有東西想帶走，搬家就變得非常簡單了。」文珠淡淡的說著。

「文珠姐以後要來我們家就沒有那麼方便了？」慶祥的妹妹捨不得的說道。

「可能以後，我們就只能從電視上看到文珠了。」知道文珠要出唱片的吳媽媽，一則以喜，一則以憂。

喜的是，文珠有機會飛上枝頭當鳳凰；憂的是，這樣一來，好像就沒什麼時間可以遇到文珠，慶祥這個孩子跟她之間，也不知道能否維繫下去。

「現在家裡還沒裝好電話，等到電話裝好了，我會打通電話過來，以後還是可以常保持聯絡。」

慶祥送文珠搭公車回家。

在等公車的時候，慶祥問起文珠：「從這裡搭公車到北投新家大概要多久？」

「可能要一個半鐘頭，塞車的話，還要更久。」文珠答道。

「妳以前唱那卡西的時候，每個星期都要這樣通車來回……」慶祥一下子說不出話來。

「是啊，就是這樣坐車，為了養家活口，沒有辦法。」文珠幽幽的說著。

「以後就換我坐車去看妳了。」慶祥很認真的說著。

「你也要準備考高中了，別這麼費事，我們放長假的時候，再約在台北火車站、或是西門町碰面好了。」文珠淡淡的建議著。

「文珠，妳要搬家的時候，有動過念頭想到我嗎？」慶祥問她。

「有，但是沒辦法多想……」

「想多了，就走不了。」文珠也老實說。

「只要有就好。」慶祥笑著說。

「文珠，妳要記得，我們說好要一起走下去的。」慶祥叮嚀著文珠。

「嗯……」文珠點點頭，在她的心裡，一直有著慶祥的位置，只要想到他，人生就覺得很踏實。

「沒關係，文珠，我想到了，我可以寫信給妳。」慶祥在文珠上了車後，在車窗外這麼告訴她。

慶祥真的說到做到，他每天都寄封信來給文珠。

有時候一天寄到兩、三封都有。

慶祥不愛打電話，反倒真的很喜歡寫信。

這些信，文珠都好好的收在抽屜裡，只要工作覺得累的時候，會拿出這些信來看，提醒著自己：「有人和我一起努力著！」

慶祥跟文珠說：「妳好好當上歌壇天后，我會努力考上大學，畢業後出國留學拿博士，讓我們一起努力吧！」

「是啊，讓我們一起努力！」文珠對著信做出一個加油的動作，彷彿慶祥在信紙的另外一端，也和自己做著一樣的動作。

「哇！好好喔，慶祥哥真的好浪漫喔，每天寫信給妳，我也希望有人這樣子對我。」妹妹什麼時候進到房間，文珠都不曉得，可能看信看得太認真了。

「姊姊……」妹妹叫起文珠。

「什麼事？」文珠邊把信收進抽屜邊回答著。

「妳覺得妳跟慶祥哥，真的會一直走下去嗎？」

「我不知道，但是我希望。」

「可是……」妹妹囁嚅著說。

「什麼可是？」

「妳看到爸爸媽媽這樣，妳不會怕嗎？」妹妹在說這些話的時候，還特別壓低了聲音，深怕媽媽聽到。

「我不知道耶……」文珠也陷入了長考。

說不怕是騙人的，但是慶祥的體貼，即使不在身邊，仍讓她有了更大的動力，願意去相信明天有更好的生活。

從小學到現在都是這個樣子。

「我無法想像沒有慶祥，我會變成什麼樣子？」文珠想了很久，對妹妹說出這句話來。

「這是依賴嗎？」妹妹繼續問著。

「……」文珠被問到啞口無言。

「是情緒上的依賴嗎？」不明白的妹妹繼續追問著。

文珠真的回答不出來，只好沉默不語。

「來來來，趁熱吃喔！」媽媽端進一碗拉麵進來。

「妹妹也在，我也幫妳煮了一碗，媽媽添來給妳喔。」

「沒關係，我自己去添好了，還可以自己加辣椒。」妹妹自動自發的跑去廚房，這種吃喝玩樂的事，妹妹一向積極。

「媽，妳搬來這裡之後，感覺很有活力，也沒有在抱怨了。」

「是啊，文珠，謝謝妳！妳真是媽媽的寶，我到這裡後，出門都覺得街坊鄰居不像以前那樣，用異樣的眼光看我，真的輕鬆很多。」媽媽雀躍的答著。

「只要妳好，我也好了一半。」文珠欣慰的說，她終於有個不再有抱怨聲的家了。

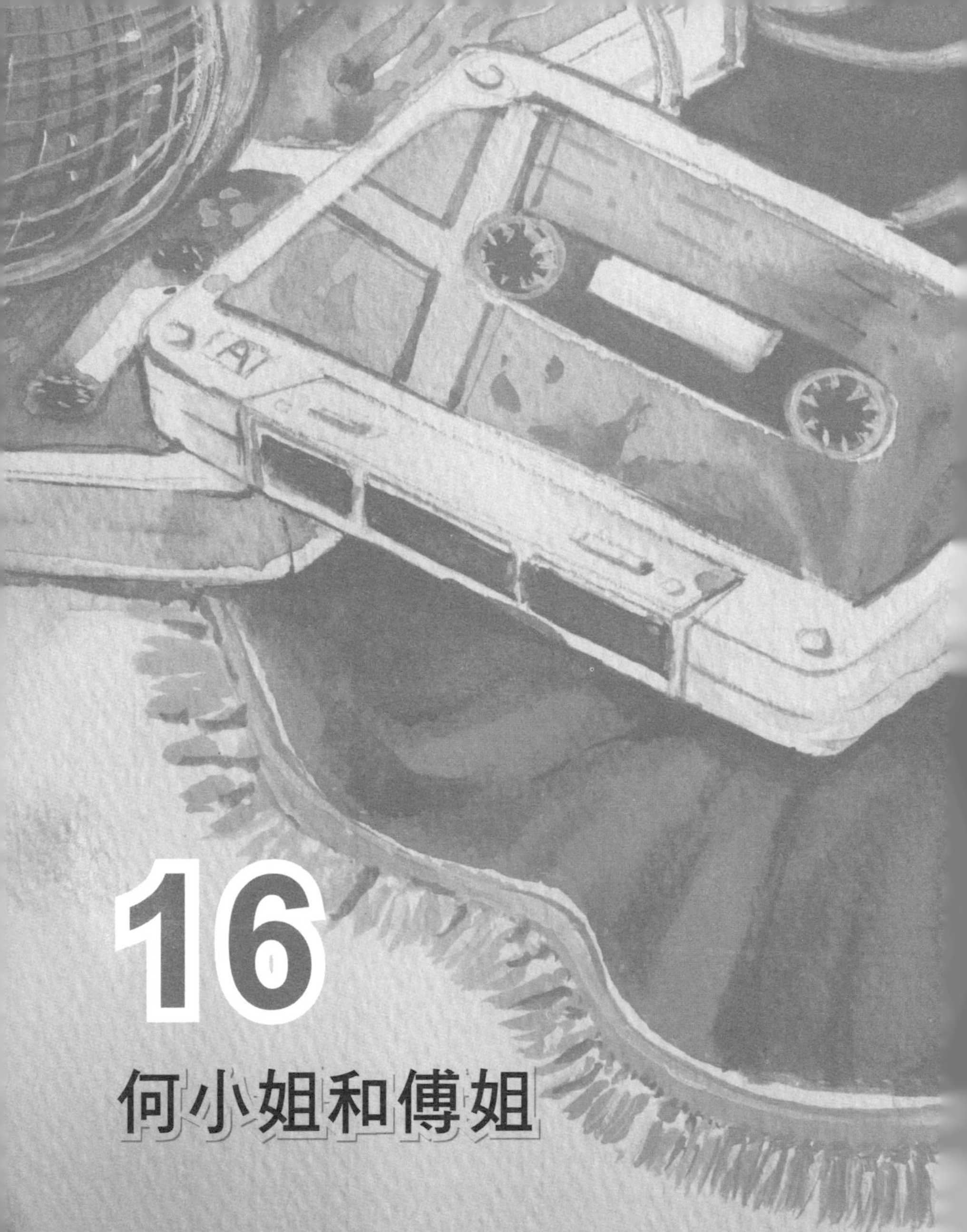

16

何小姐和傅姐

就在文珠他們搬家後沒一個月，那棟舊家果真被爸爸給賣掉了。

從慶祥那裡輾轉得知這個消息，文珠相當淡然，感覺那裡的事已經離她很遠、很遠了。

而她也緊鑼密鼓的準備發片中。

跟何小姐簽了經紀約，何小姐正式成為文珠的經紀人。

她還付了一筆簽約金給文珠，讓文珠無後顧之憂的準備發片。

何小姐抽成也只抽文珠收入的三成，比起很多新人一抽就是一半，何小姐真的算拿得少的。

「這樣好嗎？」文珠問起何小姐。

「沒什麼好不好的問題，我又不是靠這個賺錢。」何小姐簡短有力的回答著。

「反倒是妳，都已經準備發片了，還要繼續在那卡西演唱嗎？」何小姐一直有這個疑問。

「當初發片，也是蔡老闆想要幫飯店多拉點客人，現在說要發片就不唱了，對蔡老闆是交代不過去的。」文珠答道。

「不過大多數要發片的人通常會停掉一些餐廳秀唱歌的活動，也是保持神祕感，妳覺得呢？」何小姐反問著。

何小姐繼續說道：「我這個人和人合作，總覺得要人家心甘情願才是，不喜歡勉強別人，我知道妳要顧家，不會強迫妳一定要停止那卡西走唱的工作。」

「謝謝何小姐。」

「喔，對了，這個星期週末，我和經紀公司的傅姐會帶妳去買衣服，要當明星了，總要有點行頭才是，要不然我帶的新人，出來沒有個樣子，不是會被人家說我苦毒妳嗎？」

「我以為妳拿了簽約金就會去添點東西，結果都沒看見動靜，我看我還是自己帶妳去好了。」何小姐哈哈大笑的說。

「何小姐，對不起，我簽約金拿到，就給媽媽，她去存起來了，想準備買棟房子，我真的不知道妳給我錢的意思，是要我打點門面的，對不起，對不起……」文珠真的沒想到這層。

「沒關係，妳大概也沒有習慣要穿好的，慢慢學就好。」

那個週末，何小姐和傅姐，帶著文珠到一家五星級飯店逛精品服飾，然後到一樓去喝英式下午茶。

「和北投的那卡西飯店都不一樣耶。」文珠心裡想著。

那種英式下午茶，所有的糕餅都放在三層架子上，遠遠的看起來很像是個花籃的感覺，非常漂亮。

何小姐可能非常喜歡喝這一類的下午茶，因為這裡的英國花茶，和何小姐第一次親自做給文珠喝的，口味有點點像。

這個喝英式下午茶的大廳，裝潢得非常典雅，所以正有人在那裡拍照。

有兩位攝影正在拍一個女人。

但是……

那個女人長得真的很醜。

不過，那個女人沒有停的擺姿勢、搔首弄姿。

而攝影師也認真的為她拍照，彷彿那位女人是個女皇一樣。

但是……文珠這輩子從來沒看過那麼醜的女人。

應該說，這個女人，是文珠這輩子看過的女人當中，最醜的一個。

「這真是太詭異了！」文珠在心裡想著，看他們拍照看得更不可思議了。

「怎麼了？」何小姐問起文珠，臉上又有了一抹促狹的笑容。

文珠不知道該怎麼說起，臉上的表情顯得很複雜。

「那個女人很醜，是吧！」何小姐倒是說起文珠心裡的話了。

文珠點了點頭，她實在沒辦法說出口，因為她覺得要那麼明目張膽的說人家醜，也是要很有勇氣。

「又醜又愛作怪，是吧！」何小姐笑著說。

文珠又點了點頭，這回她感染了何小姐的輕鬆，也笑了出來。

「她是一個大精品公司的產品經理，全身上下都是名牌。」傅姐解釋著。

「正好給妳機會教育一下。」傅姐和何小姐相視而笑。

「演藝圈這個行業真的是要異於常人才做得了，但是也要慎防忘了自己是誰啊！」傅姐跟文珠說著。

「妳知道那兩個男人為什麼要拍她嗎？」傅姐問文珠。

「她自己出錢要人家來拍她？」文珠想了想去，只有這樣的可能性。

「拍她，感覺很傷眼。」文珠不敢說出口，自己心裡是這樣想的。

「是啊，跟自己出錢差不多了。」傅姐哈哈大笑了起來。

「那兩個男的是一家雜誌社的攝影。他們雜誌社很希望這個大品牌能夠下廣告預算到他們的雜誌社，所以找了記者來拍這位產品經理，寫些拍她馬屁的文章，圖的就是廣告預算。」

「喔……」文珠應了應。

「久了，她就以為自己真的是位美女了！孰不知，大家貪圖的只是她背後的廣告預算。」傅姐說道。

「她沒有自知之明嗎？每天不也都是要照鏡子？」文珠好奇的問著。

「做人最可悲的就是自欺、欺人，被人欺。」傅姐這樣說。

「所以傅姐的工作，就是冷靜的告訴妳事實是什麼，省得以後，妳自己忘了妳是誰了？」

「謝謝傅姐，我很需要，如果有一天我變成這個樣子的話，請一定要告訴我，

只要跟我說起那個英式下午茶遇到的產品經理，我就知道了。」文珠再三拜託傅姐，因為她覺得變成那樣，太可憐，也太醜陋了。

「可是人家也有我們值得學習的地方，對一個藝人來說。」傅姐跟文珠提及。

「這個行業，賣的就是夢想，妳總要把自己先催眠了，才能帶大家進去妳看到的夢境，就是這樣而已。」

「如果從這個角度來看，這位產品經理就相當稱職了。」

「哈哈哈哈哈……」這下子，這一桌三個女人，都狂笑了起來。

何小姐還嗆到了。

這時候，那位產品經理看到何小姐，馬上趨前過來。

「我們的天后娘娘，真的很榮幸在這裡見到妳。」

「哪裡，戴安娜，妳願意來跟我打聲招呼，這才是我的榮幸呢！」何小姐馬上叫出對方的英文名字。

然後兩人就寒暄了起來。

文珠突然有種不寒而慄的感覺。

因為，她覺得這個演藝圈，雖然美麗，卻又虛假。

或許以後，她都會在這樣美麗的英式下午茶店，但是骨子裡，也還是那麼美麗嗎？

她只希望……

真的進去了之後，她還能夠知道真實究竟為何物。

17 正式發片

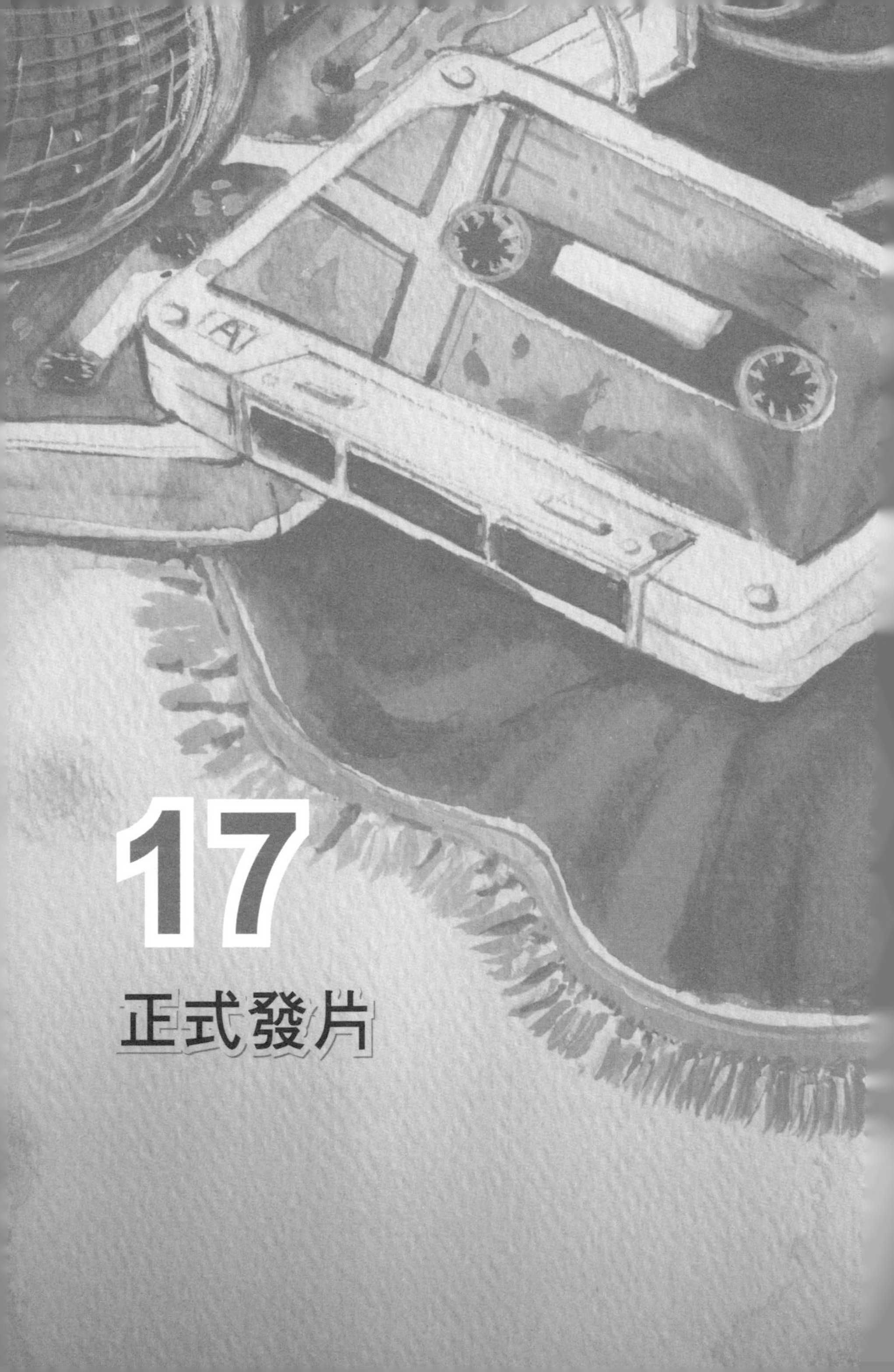

終於到了文珠要發片的時候。

那一年，文珠才國中三年級，當其他的同學在準備高中聯考時，文珠忙著要發行她的第一張台語唱片。

唱片公司有人問起，文珠要不要取個藝名？

「我最討厭這一套了！」何小姐擺明了沒必要。

「我還不是用本名到演藝圈，也紅了幾十年，文珠難道不行嗎？」何小姐不以為然的說道。

「文珠這個名字實在很像菜市場名。」唱片公司的宣傳小心翼翼的建議著。

「美瑜有好到哪裡嗎？也是個菜市場名啊！」何小姐自己解嘲的說。

「是這樣的，我們有拿文珠的名字去算筆劃，說這個名字跟富貴無緣，想說為了求心安，還是改個吉利一點的名字好了。」

「我很討厭這套啦，我在這個圈子幾十年了，看也看多了。如果改名就可以紅，那麼所有的人都紅了，不是嗎？」

「文珠，妳自己的意思呢？」何小姐問起文珠。

因為聽過太多媽媽算命的說法，什麼上輩子欠了爸爸，所以這輩子要來還的。文珠實在對算命、改名這種事情，沒有興趣到了極點。

「媽媽就是聽了一大堆這種鬼話連篇，才把自己搞得沒有力量的。」文珠在心裡這樣想著。

她實在不願意改名。

而且在她心裡有個小祕密，每當想起小學樓頂上，慶祥畫的那顆心的符號，上面寫的就是慶祥愛文珠，她捨不得改掉這個愛的名字。

「文珠說不改就不改了。」何小姐一副就這麼說定了的樣子。

文珠終於發現找何小姐當經紀人的好處。

「還好是李琴師介紹了何小姐當經紀人，她這樣份量的人，能夠壓得住場，真的會讓我比較好做事。」文珠有一天當面又謝謝了李琴師。

「是啊，而且我瞭解她這個人，她不是一個喜歡勉強別人的人，她也喜歡有才氣的人，不管男人或是女人，只要她覺得妳夠有才氣，她會幫忙讓妳有最大的創作空間，這是她這個人很大的優點。」

就這樣，文珠即使沒有改名、也不聽算命說的，她就自然而然的得到天時、地利、人和，第一張唱片就一炮而紅了。

她的外型和歌藝，讓「學生國民歌姬」的聲名，紅遍大街小巷。

尤其是她的主打歌《隨風飄逝》，那是李琴師為文珠量身訂作的。

那是一首美國民謠改編成台語歌曲。

最大的特色，是把台語歌曲的哭腔給戒掉了，這也比較符合文珠學生的身分。

而且唱片賣得好，蔡老闆的北投麗新飯店，更是湧入許多前所未見的族群。

許多少男、少女會到飯店來聽文珠唱那卡西。

蔡老闆從發片那一天開始，笑到嘴巴幾乎沒闔起來過。

只差沒有像對媽祖那樣，打塊金牌掛在文珠的脖子上。

報紙上開始狂登起文珠的相片，還有大報在娛樂版版頭寫著：「讓台語歌青春了起來！」用以介紹文珠。

一下子大街小巷，沒有人不認識王文珠是新一代的台語小天后。

媽媽娘家的親戚，也開始跟媽媽聯絡起來。

媽媽她也逐漸跟外界往來了起來。

到了學校，老師、同學們更是紛紛請託文珠幫忙簽名。

全世界好像都開始擁抱了文珠，只有一個人不是如此。

那就是慶祥的爸爸。

「慶祥，你爸爸好像不太喜歡我。」有一天文珠去慶祥家玩，首次見到文珠的吳爸爸，看到文珠頭抬都不抬起來一下，就鑽在報紙裡頭。

之前文珠也常常去慶祥家玩，只是吳爸爸都在外地做生意，從來沒有機會遇到。

只知道吳爸爸對慶祥期待很深，慶祥非常怕他爸爸。

「沒有啦，他那個人就是這樣，他可能怕我跟妳交往，影響到課業，考不上好高中，才沒給妳好臉色。」慶祥解釋著。

「那你要更加用功才是。別忘了，我們兩個說好要一直走下去的，那麼你更要證明，跟我在一起，你會更好，這樣家人才不會反對我們兩個在一塊。」文珠勸導著慶祥。

「好的，我會的。」慶祥答應著。

而慶祥果然說到做到，考上了第一志願，建國高中。

他也非常得意自己有個天后女朋友。

這一切看起來，似乎是那麼完美。

就在這個時候，有一天去北投麗新飯店唱歌，一唱完，文珠就被一個人給堵住，那就是……

爸爸。

「文珠！」爸爸叫著她的名字。

「你來做什麼？」

「我來看我漂亮的女兒啊！」爸爸這樣說著。

「謝謝，你看過了，可以走了。」文珠冷冷的說。

「別這樣啦，文珠，我們聊聊，好嗎？」爸爸低聲下氣的說。

「我們沒什麼好聊的，請走。」

「文珠，爸爸沒有工作，妳給爸爸一點錢吧！」

「無事不登三寶殿，你不用開口，我就知道你是要跟我要錢……」

「你怎麼好意思跟我要錢呢？」

「你把房子賣掉的時候，有想過我和媽媽、妹妹要去住哪裡嗎？」

「你怎麼還有臉站在我的面前呢？」

文珠連珠砲似的問了爸爸許多問題。

說了這些話，她彷彿有把無名火在她的心腹之中燒了起來。

「爸爸也是不得已的啊！」爸爸試圖解釋。

「你有什麼好不得已的？就是賭博而已，對啦，賭博也是不得已才賭的，不是嗎？」文珠冷笑著說。

「對，我是不對……」爸爸憤恨的說道。

「但是妳小時候，我也曾經好好的對過妳啊？」

「這些難道都要完全被抹煞掉嗎？請妳們對我公平一點好嗎？」

「我今天變成這個樣子，妳媽媽難道完全不需要負責任嗎？只有我一個人有錯嗎？請妳們公平一點對待我，好嗎？」

爸爸講得一副他也有滿腹委屈的模樣。

「我已經對你死心了，請走，你從我這裡拿不到一塊錢的。」文珠狠狠的對爸爸說了這些話。

本來文珠還有點於心不忍。

但是爸爸臨走時，那種凶狠的眼神，讓她連最後一絲愧疚都沒了。

18 隨風飄逝

慶祥又如願的考上第一志願台大，對於吳家來說，這的的確確是個天大的好消息；但是同時，吳家卻有另外一個晴天霹靂稀釋了這個好消息。

吳爸爸做生意失敗了，在外面欠下大筆、大筆的債務。

文珠的爸爸賭博欠下的債務，比起做生意失敗的債務，只能用小巫見大巫來形容。

「怎麼辦呢？要不要我幫忙？我這幾年收入滿好的，可以幫吳爸爸一點點忙。」文珠主動的跟慶祥提及幫忙的事。

「他欠下的數目字，不是妳能幫忙得了的，妳就把錢存好，不要為我們家擔心了！」慶祥跟文珠這麼說。

「如果幫得上忙的話，請不要跟我客氣。」文珠最後還是跟慶祥耳提面命的提醒著。

「嗯，好。」慶祥點了點頭。

「這個星期六，我在紅樓有個演唱會，你要不要帶朋友來，我可以給你一些公關票。」文珠問起慶祥，因為慶祥一直很喜歡跟同學介紹自己的女朋友就是文珠，常常會帶同學去看文珠表演。

「不了，這個星期我要去南部。」慶祥答道。

「怎麼會要去南部。」文珠不解的問說。

「我們南部有些親戚，聽說我考上台大，要幫我在一家很大的海鮮店擺上一桌，替我接風。」

「真感心啊！有這麼好的親戚，真讓人羨慕。」

「等我回來台北，再跟妳聯絡。」

「好，去南部好好玩啊！」

結果慶祥去南部後，好一陣子沒有跟文珠聯絡。

打電話去吳家，吳家人總是說：「慶祥還在南部玩，南部的親戚留他在那裡多待一陣子。」

「怎麼有這麼好的親戚啊？」文珠剛開始很羨慕，但是等到大學快開學了，慶祥還在南部，文珠從羨慕轉成狐疑。

「怎麼回事啊？發生了什麼事情呢？」文珠開始有種不安的感覺。

有一天，文珠打了電話去到吳家，接起電話的是吳媽媽。

「吳媽媽，妳好，慶祥回來了嗎？」文珠問起吳媽媽。

「文珠，我要跟妳說一件事……」就在吳媽媽要說起的時候，電話突然被人掛斷了。

「到底怎麼了？」文珠決定這樣猜也不是辦法，剛好那天她沒有通告，她就開著車往慶祥家去。

在慶祥家門口，竟然撞見慶祥一家人出來。

而且慶祥的旁邊還有個不認識的女人。

「慶祥，你回來台北了，怎麼不跟我聯絡呢？」文珠走上前去。

「這位是……看起來好眼熟喔！」慶祥旁邊的女人問起慶祥。

「這是慶祥的小學同學……」吳爸爸示意要慶祥離開。

「慶祥，你先帶雅玲去坐車，這裡我和你媽媽會處理。」吳爸爸趕緊把慶祥推上車。而那台車，文珠也從來沒在慶祥家看過。

「我們上樓談吧！」吳爸爸低聲的說著，而吳媽媽則是滿臉愁容。

「王小姐，妳現在也是位名人，以後請不要來我們家了！」吳爸爸一開口說話就說得很絕。

「怎麼了？」聽到吳爸爸這一番話，文珠一頭霧水。

「我們慶祥已經結婚了，剛才那就是他的新婚太太。」吳爸爸說出這些實情，讓文珠有種被判死刑的感覺。

「怎麼這麼突然呢？」文珠哭著追問。

「為什麼會這樣？為什麼會這樣？」

「我有什麼不好的嗎？」文珠難過的問道。

「妳沒有不好，只是我們慶祥找到更好的，就是這樣。」吳爸爸回答文珠。

「不行，我要去問慶祥，我要聽他怎麼跟我說，他說得才算數。」文珠邊哭邊講，最後幾個字都哭到說不清楚了。

「妳自己也要有點自知之明，我們家慶祥考上了台大，妳才國中畢業而已，我將來怎麼可能放心讓我的孫子，被一個只有國中畢業的女人來教養呢？」

「一個從國小就在北投、那種龍蛇雜處的地方討生活的女人，我怎麼可能讓她進到我們吳家的門。」吳爸爸冷冷的說道。

「好了，老頭子，別再說了。你給我進到房間裡頭去。」吳媽媽喝斥著吳爸爸。

「吳媽媽，妳對我最好了，妳一定要跟我講清楚是怎麼一回事，要不然，我怎麼甘心呢？」文珠苦苦哀求著吳媽媽。

「文珠，慶祥真的結婚了……」吳媽媽說到這裡也哭了出來。

「看在吳媽媽的面子上，放掉吧！文珠，放掉慶祥吧！」

「吳媽媽，這一切妳都看在眼裡，從小到大的感情，妳要我怎麼說放就放呢？」

「但是，妳真的一定要放，慶祥已經不是妳的了！」

「吳媽媽，妳要給我一個答案，讓我死心的答案啊！」

「就是為了錢……為了補吳爸爸做生意欠下的債務……」

「我不懂，那跟慶祥有什麼關係呢？」

「雅玲，房雅玲，也就是慶祥現在的太太，她的爸爸就是一家很有名的連鎖海

鮮店的老闆，房大海。」

「他願意投資你吳爸爸的事業，包括債務都概括承受……」

「條件只有一個，就是慶祥要成為他的女婿，他的錢只投資在自己的親家身上。」

「妳吳爸爸不能垮，這個家不能垮……」

「慶祥也就答應了。」吳媽媽說到這裡，已經淚流成河。

「對不起，是我們吳家對不起妳！」

吳媽媽和文珠，都趴在地上。

文珠連站起來的力氣都沒有了。

吳媽媽一把抱住文珠，兩個人像母女一樣相擁而泣。

「文珠啊！妳要相信，在這個世界上，吳媽媽最不想傷害的人，就是妳啊！」

吳媽媽反而哭得比文珠還要傷心。

「給吳媽媽面子，不要再找慶祥了，就當是還吳媽媽的便當人情吧！」吳媽媽連便當都抬了出來。

「吳媽媽，妳對我是有恩情的，我從小吃了妳這麼多年的便當，這些都是要還的……」

「只是……」文珠啜泣的說著。

「只是……我沒有想到，是用這樣的方式來還。」

文珠此時此刻，滿腦子只想著，這真的很像我的成名曲《隨風飄逝》啊！

恩情、愛情都是這麼的不值！

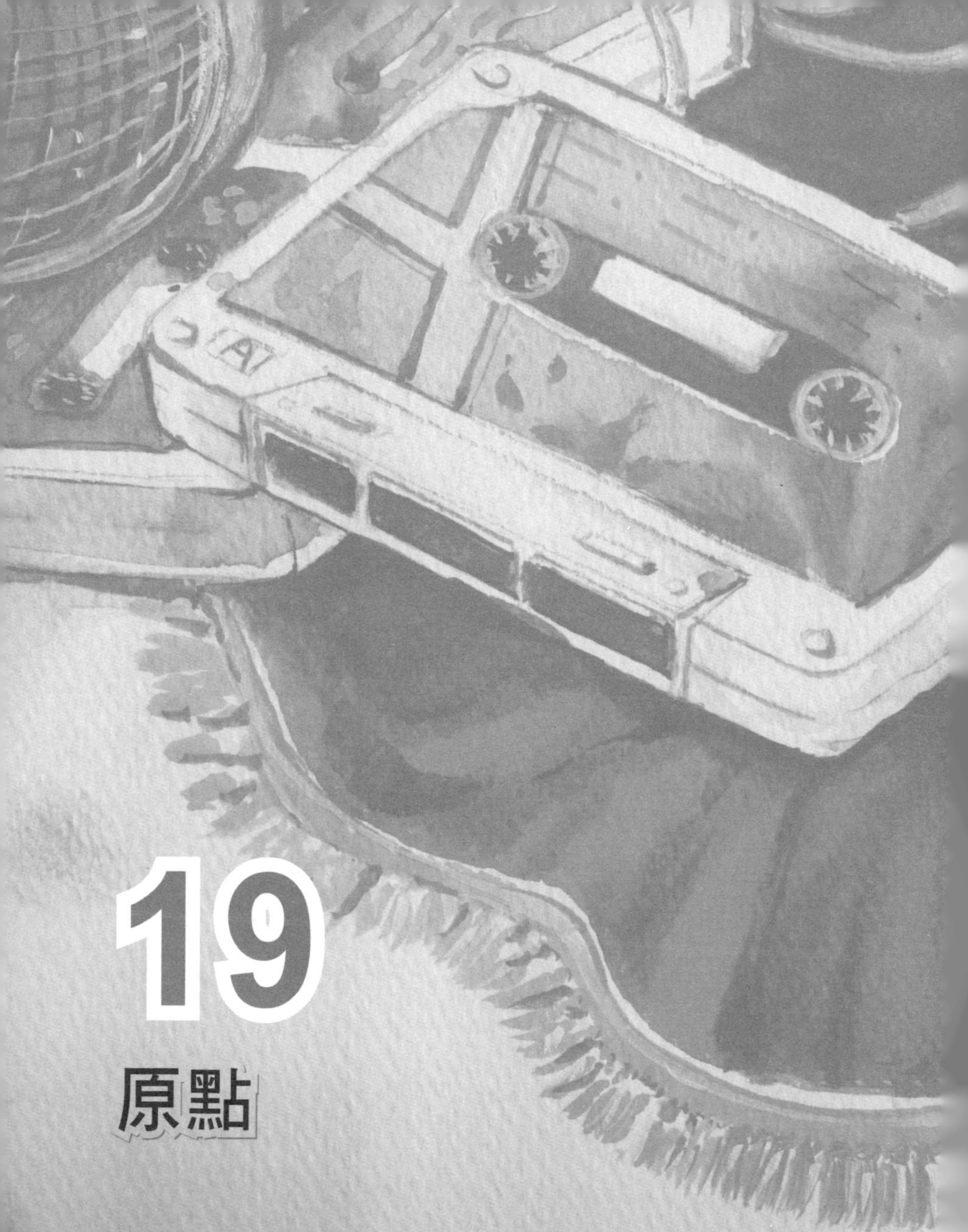

19 原點

當文珠從慶祥家走出來的時候，她整個人像個遊魂似的，完全沒有了重心、也完全沒有了方向。

她沒有目的地的往前移動。

走著、走著，竟然走到了自己當年讀的小學。

那個自己和慶祥初識的地方。

不知不覺之間，她竟然就一個人往頂樓的方向走去。走到頂樓時，連她自己都不明白是如何走上來的。

「文珠，我是愛妳的……」

「請妳相信我是愛妳的。」

「妳不是一個人，妳有什麼事，都可以找我商量。」

「從今以後，我都會陪在妳身邊，請相信我。」

「我會保護妳的，不讓別人欺負妳。」

這些都是慶祥當年說的話，一句、一句彷彿都還在昨日那麼的鮮明。

文珠又無意識的站在頂樓圍牆旁邊。

「哈哈哈哈……」文珠在這個頂樓狂笑了起來。

「繞了一大圈，結果我又回到了原點。」文珠嘲笑起自己。

「既然如此，慶祥，你又何必救我呢？」

「然後，讓我知道什麼是愛後，又把我推到最殘酷的原點！這不是更狠心嗎？」文珠問著那個沒有出現的慶祥。

但是沒多久，慶祥有一天出現在文珠家的門口，滿臉疲憊的樣子。

「你何必來呢？應該去你太太那裡才對吧！」文珠冷冷的說。

「我是不應該來的，但是我控制不了我的心啊！」慶祥一把抱住文珠。

「文珠，放下一切，跟我走吧，陪我一起逃離這個虛假的地方……」

「你怎麼了？」文珠明知自己不應該問這句話，但是她也控制不了自己的心。

「結婚對我來說不是進監獄，而是活在地獄。」慶祥對文珠訴說著，他和雅玲之間的婚姻，根本沒有愛。

聽到這裡，文珠整個人就心軟了。又接納了慶祥。

慶祥平常在台北讀書，他和新婚妻子房雅玲的新居豪宅位在高雄，房家的總公司也在高雄，慶祥總是以課業為由，很少回到那個家。只要有空，就跟文珠聚在一起，兩個人的感情反而比之前更好了。

「妳到底有沒有腦袋，這種事傳出去，我看妳怎麼繼續唱下去？」文珠的媽媽知道自己的女兒竟然繼續和慶祥交往，而且是有婦之夫吳慶祥，氣到差點拿起雞毛撢子打文珠。

「我是怎麼教妳的，妳跟這個有婦之夫在一起，將來怎麼嫁人啊？」

「我可以不要嫁人！我養得起我自己！」文珠聽媽媽這麼說，不以為然的回嘴。

「分！妳今天就跟那個吳慶祥分手！」文珠媽媽氣到發抖的說。

可是就像拍皮球一樣，當外界施力愈大，文珠和慶祥的反彈也愈大，更是愛得死去活來。兩個人小心翼翼的維護著這段戀情，不被外界知道。

就這樣，慶祥也從台大畢業了，而他的老丈人，將濁水溪以北的店面，全部交給慶祥，慶祥變得忙碌了起來。

文珠因為出了一張台語新專輯《玉蘭花》，整個歌唱事業更是往上翻了一轉，

儼然成為台語天后，氣勢甚至高漲到國語歌壇無人能與之相比。

有一天，剛從一個節目下了通告，和幾位藝人朋友吃了宵夜才回家的文珠，在門口看到一台超級豪華房車。

看到文珠走近家門，房車的後座有位女性下了車，往文珠的方向走來。

「請問？」文珠客氣的問道，她以為是她的粉絲。

「我是吳慶祥的太太房雅玲。」這位女性自己開了口。而文珠則是震驚不已，但卻沒有任何想逃避的心，在她心裡，這一天遲早是要來的。

「吳太太，妳好。」文珠淡淡的說著，微微的點了點頭。

他們兩個女人，就在文珠家附近的公園坐下、聊了起來。

「我想妳也知道我來的原因。」雅玲先開了口。

「王小姐，我多麼希望跟慶祥在一起的人不是妳，因為我是妳的歌迷，如果不是慶祥，我相信我們兩個應該有機會變成好朋友的。」雅玲嘆了一口氣。

「我也從我婆婆那裡，知道了妳的事。」

「我想在她的心裡，妳才是她心目中的媳婦吧！」雅玲的臉上有了幾許落寞。

這件事說起來很荒謬，文珠竟然有種衝動、很想安慰雅玲，但是又覺得自己在此時此刻並不適合扮演這樣的角色。

「我想安慰她，那誰又來安慰我呢？」文珠也有些酸楚出來。

文珠另外在心裡想著，雅玲說得沒錯，如果沒有慶祥，她和雅玲或許真的可以成為很好的朋友。

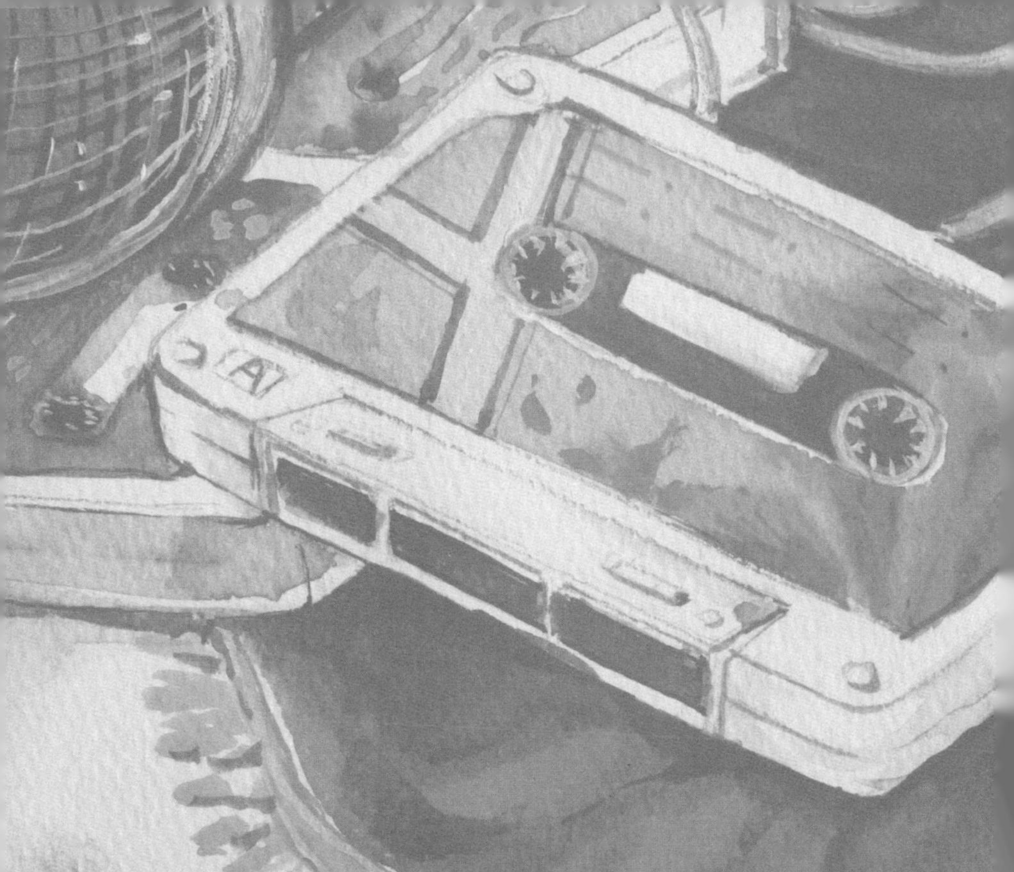

20

玉蘭花

「妳知道嗎？我們高雄的院子，有一棵玉蘭花，慶祥總是望著那棵樹發呆，他應該是在想著妳吧！」

「老實說，我自己也很喜歡妳唱的那首《玉蘭花》啊，我也不知道該怎麼去怪慶祥……」雅玲又嘆了一口氣。

聽到雅玲這一番話，文珠除了無言還是無言。

「我本來就知道慶祥是為了錢才娶我的，但是我真的很愛他，即使他是為了錢跟我在一起，我也甘願。」

「好傻，對吧！」雅玲跟文珠這樣說。

「那我不也是好傻，不是嗎？」文珠笑著對雅玲說。

這時候，文珠和雅玲的眼眶都含著淚水。

「我想了很久……」雅玲慢慢的吞了吞口水。

「我有一個決定，我想成全妳和慶祥。」雅玲說出這個結論，而文珠則是一臉不可置信的表情。

「什麼叫做成全我和慶祥？」文珠不是很明白雅玲的意思。

「如果妳願意的話，我想讓慶祥明媒正娶收妳做二房。」雅玲這麼說時，整個臉是眉頭深鎖的。

「我爸爸也覺得慶祥的心不在我身上，所以才將濁水溪以北的店面都交給他管，目的也是為了想幫我抓牢他。」雅玲解釋著，文珠則是點點頭。

「我想，我們也可以分清楚，濁水溪以北的店面，所有的社交活動，妳都可以用第一女主人的身分列席，我不會過問，但是請讓我有點顏面，在我們下港還有濁水溪以南的地方，妳不要插手進來，這樣的條件，妳覺得怎麼樣？這已經是我最大的讓步了！」雅玲娓娓的道來。

「我不明白……這一切來得太突然了，讓我有點措手不及，我不明白為什麼妳要這樣做？」文珠反問著雅玲。

「我去問了我婆婆……」雅玲苦笑著。

「吳媽媽說了些什麼？」

「我婆婆把妳和慶祥從小到大青梅竹馬的經過，一五一十的告訴了我，看得出來，我婆婆早就把妳當成她心目中的準媳婦了。」雅玲的表情更苦了。

「唉……」聽到雅玲這段話，文珠也嘆了好大的一口氣。

「我們家，我爸爸的確是有理虧的地方，這是我能夠想出來最好的彌補方式，也希望這樣的讓步，慶祥能夠明白我體諒的心，多點心思放在高雄的家。」雅玲幽幽的說著。

「如果我不願意呢？」文珠反問道。

「那我希望妳能主動跟慶祥做個了斷，這樣下去，對妳、對我，都不是個辦法，更何況，假如我們有了下一代的話，可能更難處理。」這回，雅玲可是有了堅定的表情。

「我會慎重考慮，這件事茲事體大，也沒有辦法立即給妳個回覆。」文珠回答雅玲。

「不過……」文珠繼續說。

「不過什麼？假如妳還有什麼條件的話，就現在跟我說吧！我們都可以討論，我是真的希望能夠徹底解決好這件事。」

「我是這樣覺得……」文珠喘了口氣，繼續說道。

「感情這種東西，是交流，不是交易，是不能用條件來解決的啊！」文珠淡淡的說著。

「但是，我已經到了要用交易來解決的地步了，我想不出任何其他的方法來解決了，當初，這段婚姻就是從交易開始的，我不知道我還能怎麼辦，才能挽回慶祥的心啊？」雅玲無奈的說道。

「或許妳要去問問妳公公，這樣的解決方式，他能否接受，妳的父親又能否接受？還有慶祥，他願意嗎？」文珠問著雅玲。

「妳不用擔心，我有十足的信心，我公公和我父親會聽我的，至於慶祥，我想不出他有什麼理由好拒絕的，最重要的還是文珠小姐妳自己的意思。」雅玲很有把握的回答著。

這下子換文珠反思了許久，她帶著這個疑問和猶豫回到家中，才開口跟媽媽和妹妹提了一下，這兩位女人的反彈就相當大。

「不行，我不准我的女兒去做人家的小老婆！除非我死了！」文珠的媽媽對於雅玲這樣的提議，完全不以為然。

「是啊！姊姊，慶祥她太太願意委曲求全，妳為什麼要跟著委屈自己，妳好歹也是個台語天后，為什麼要這樣子呢？」妹妹相當氣憤的打抱不平。

「妳就分了吧！這樣下去，對妳有什麼好處呢？」媽媽問道。

文珠則是大聲的哭了出來。

「我不是不想分，就是割捨不了將近二十年的感情，我控制不了我自己啊！」文珠哭著說。

「而且……」文珠猶豫不決的說著。

「什麼而且，還有什麼我不知道的事嗎？」媽媽緊張的問道。

「我發現我懷了慶祥的孩子了。」文珠說出這整件事最新的情況。

「天啊！姊姊，妳怎麼這麼不小心啊？」妹妹不可置信的叫了出來，直說文珠是天字第一號的笨蛋。

「拿掉，妳去給我拿掉那個孩子。」媽媽堅定的說。

「媽，那是一個生命耶！是我嫡親親的孩子啊！」文珠跟媽媽哭喊著。

「妳如果真的愛那個孩子，就把他拿掉。」媽媽這回有著異於常人的堅定。

「為什麼？」文珠哭著反問。

「妳希望妳的孩子，當個細姨的小孩嗎？」媽媽也反問了文珠。

「妳爸爸再有什麼不是，媽媽我再無能，也都讓你們姊妹有個清清白白的出身，妳忍心讓自己的孩子，被人家指指點點的說，是小老婆的孩子嗎？就算妳能接受，我這個當人家媽的、當人家外婆的，也不能接受。」

「是啊，姊姊，妳可要想清楚啊！這個孩子生出來，妳是要對他負責的，妳願意委屈妳自己，可是又怎麼忍心去委屈孩子呢？」連妹妹都少見的站在媽媽那一邊，和她同一陣線。

「那我去跟慶祥討論一下，再做決定。」文珠慢慢的說道。

「不行，先不要讓慶祥知道妳有孩子這件事，會變得很難處理。」媽媽堅決反對，妹妹也持同樣的意見。

「除非妳決定要當吳慶祥的小老婆了，再告訴他有孩子這件事，要不然就先不要說。」媽媽與妹妹對文珠耳提面命。

「好吧！」文珠是勉強答應了她們兩個，進自己的房間休息。

當文珠把房門關起來時，身後還傳來媽媽嘆息不止的聲音。

「真是孽緣啊！」

「我們家到底是欠了吳慶祥他們家什麼？為什麼擺脫不掉這個死傢伙呢？」

媽媽和妹妹妳一言、我一句的繼續說著對慶祥的不滿。

21

小心翼翼不提到媽媽

接下來的這幾天，文珠的媽媽和妹妹，在文珠的面前，都小心翼翼的不要提到「媽」這個字。

當然，也不會提「小孩」這兩個字。

文珠沒有跟慶祥提過他太太來找過自己，倒是慶祥的媽媽找上了文珠。

「文珠啊，雅玲說她找妳談過。」吳媽媽也小心翼翼的問著文珠。

「嗯。」文珠點了點頭。

「文珠，吳媽媽真的很希望妳能當我媳婦，叫我一聲媽，妳放心，吳媽媽絕對不會有大小之分，一定做到公平，妳也知道吳媽媽疼妳一定比雅玲來得多，而且雅玲都在高雄，妳人在台北，進進出出，吳媽媽都會帶著妳，妳就是我實至名歸的大媳婦，妳知道嗎？」吳媽媽熱切的說著。

「文珠，妳就答應吧！吳媽媽一定幫妳整個結婚都做得很有面子，不會讓妳委屈的。」吳媽媽繼續說道。

「我媽媽和妹妹是持反對意見。」文珠開口說話了。

「那要不要吳媽媽去跟妳媽媽談一下，吳媽媽一定跟她保證，絕對不會讓妳受到一絲一毫的委屈，從小到大，吳媽媽對妳，就像自己的女兒一樣，這次雅玲提出來的方法，也是她識大體，妳就答應了吧！最重要的還是妳自己的意見，不是嗎？」

「而且吳媽媽保證，妳嫁過來，還是可以繼續當妳的天后，我們吳家不會碰妳賺來的錢，這樣妳就可以繼續照顧自己的媽媽、妹妹，不要擔心。」

和吳媽媽談完後，讓自己的媽媽得知談話內容，文珠的媽媽馬上氣急敗壞的說：「什麼叫做不讓妳受委屈，妳去當人家的小老婆，就是受委屈了，吳慶祥的媽說的是什麼鬼話啊？」

「孩子啊！妳千萬不要誤會，媽媽不讓妳嫁到吳家，不是為了貪圖妳賺來的錢，妳現在就算不唱歌，這幾年給我的錢，已經夠我這輩子花都花不完了，媽媽不是愛亂花錢的人。」

「我知道的……」文珠聽到媽媽這一番話，也抱著她哭了起來。

「我是替妳不值！有必要為了吳慶祥做到這個程度嗎？吳慶祥算哪根蔥呢？我這麼優秀的女兒有必要為了他這個男人這麼委屈自己嗎？不值得啊！」媽媽拿起面

紙替文珠擦眼淚。

「妳從這麼小就在養家，媽媽只希望妳能嫁得好，過點好日子，不要再唱了都好啊！」

「我知道，我知道妳的心意……」

「這樣嫁進吳慶祥家，妳會過好日子嗎？媽媽真的很擔心……」文珠的媽媽繼續說著她的擔憂。

「目前他們家的環境那麼複雜，還有吳慶祥的爸爸一直很瞧不起妳的學歷、家世，這樣嫁過去，我怕妳是委屈了，也求不到全，媽媽是覺得……」

「覺得什麼？」文珠問道。

「就算妳想要孩子，捨不得拿掉，也不一定非要嫁進吳家，媽媽可以幫妳帶孩子啊！」

聽到媽媽這麼說，文珠陷入更大的兩難。

「又有了新的選項！」多了一種選擇，反而讓文珠有種更大的負擔，深怕自己選擇愈多，反而愈難選擇。

她又一個人來到以前國小的頂樓。

看著慶祥畫的那顆心。

「我捨不得的是這顆心還有這片心意啊！」文珠喃喃自語著。

想到這一路上，要不是慶祥對自己的這一片心，她是不可能活過來，也沒有那麼大的勇氣可以站上舞台。

為的都是……想要跟慶祥一起創造更美好的人生。

但是媽媽長久以來一直叨念的話，也讓文珠有點心驚膽跳。

「那些都是過去的事了，文珠。」文珠的媽媽一直跟文珠說，她所珍惜的、那些慶祥的好，都是過去的事。

「人是會變的。」

「妳以為妳爸爸沒有對我好過嗎？」

「要不然我怎麼會拋棄千金大小姐的生活，跟了他過苦日子。」

「人每一分、每一秒都在變，不要拿過去的事，告訴自己執著現在的感情！」

文珠的媽媽一直跟文珠這樣分析著。

「慶祥如果真心愛妳的話，他應該要離婚來娶妳才對，搞得這樣不清不楚的關係，這叫哪門子的愛妳啊？」文珠的妹妹也一直這樣跟文珠說。

「我到底該怎麼辦啊？」

文珠有太多的捨不得。

但也有不少的疑慮。

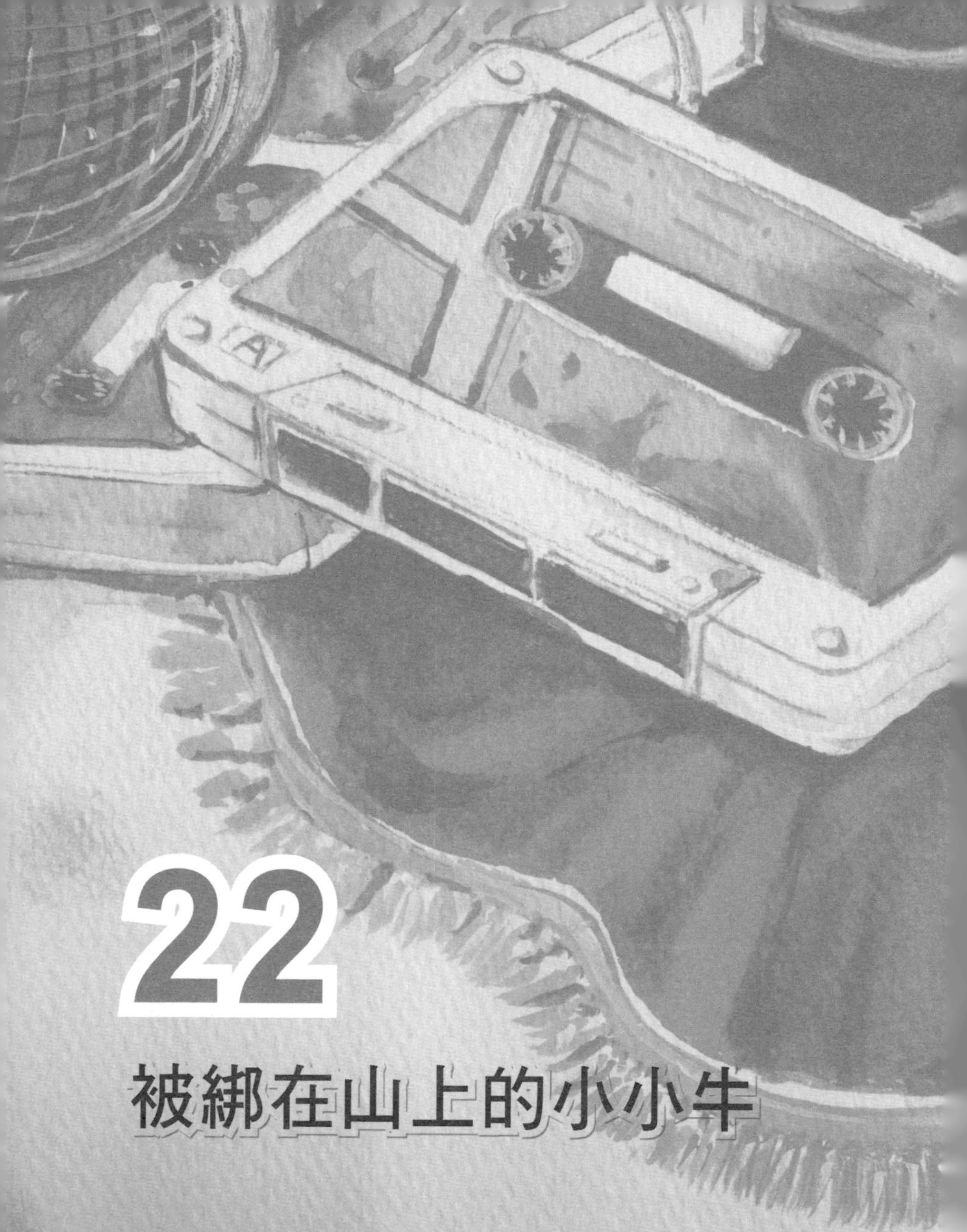

22

被綁在山上的小小牛

為了讓自己清淨一點、想清楚事情，文珠跟家人和慶祥說自己有個海外的演唱會，就一個人住到飯店裡頭去。

文珠是想說，待在家裡，媽媽和妹妹的不滿，只有讓她更煩心，也沒辦法好好做個選擇。

這天，文珠到飯店頂樓的餐廳用餐，是這家飯店非常有名的上海菜館子。

文珠和慶祥曾經來這裡用餐過，是慶祥最愛的餐廳之一。為了安靜用餐，文珠還特別點了個包廂，一個人安安靜靜的吃頓中飯。

文珠點了道方塊肉，那也是慶祥最愛的一道菜。

席間，文珠去了趟化妝室，正要進包廂的時候，看到慶祥走了進來。

文珠趕緊躲進包廂，她不想讓慶祥知道自己還在台北，很多事都還沒想清楚之前，文珠覺得還是不要跟慶祥碰面比較好。

「慶祥大概是來談生意吧！」文珠心想著。

隔了不久，有位年輕的小姐坐在慶祥的對面。

文珠隔著包廂的隙縫，看著這一切，愈看愈覺得不對勁。

慶祥跟那個女孩子的互動太熟絡了，一點都不像是客戶之間的互動。

等到慶祥和那個女孩子一起離開時，文珠還尾隨他們到了飯店門口。

只見到慶祥開了輛敞篷轎車，載著那位妙齡女子，手還勾在她的肩膀上，在她的嘴唇上輕輕一吻後，加速引擎、揚長而去。

文珠整個人腦袋一片空白。

她怎麼整理好行李、坐上計程車，她都不知道。

「小姐，去哪裡？」計程車司機問道。

文珠還是一片恍惚。

「小姐，請問車子要開到哪裡？」計程車司機再次問著。

「去高雄。」文珠這才回過神來，一心想去高雄找雅玲。

「啊，妳不是……」司機先生驚喜的問著。

「對，就是我，王文珠，司機先生，請你開快一點，我要去高雄登台表演，有點來不及了。」文珠現在誰也不想見、只想見到雅玲。

「好、好、好，這是我的榮幸。」司機先生連忙應聲，加快油門。

文珠還是很恍神，怎麼到達高雄下榻的飯店，文珠都不是很清楚，她打了電話給雅玲，約她在飯店的一樓咖啡廳碰面。

「文珠小姐，怎麼了，這麼趕，還親自來了高雄。」雅玲說道。

「我想親自告訴妳，我的決定。」

「如何？」

「我決定離開慶祥！」文珠堅定的說著她的決定。

「謝謝，喔，不，我不知道該說些什麼好？」雅玲這樣說時，有一種掩不住的喜悅洋溢在臉上。

「謝謝妳讓我不要步上我母親的命運。」雅玲含著淚，感激文珠、不住的稱謝。

「怎麼說呢？雅玲，我可以這樣稱呼妳嗎？」文珠不解的問著。

「可以、可以，謝謝妳，文珠小姐，做下這樣的決定，這或許對妳而言，也是個最好的選擇。」雅玲跟文珠說起他們房家的故事。

原來她的爸爸房大海，也有個青梅竹馬的女友，結果當年在媽媽的堅持下，娶了全村最有錢人家的女兒，也就是雅玲的媽媽。

雅玲的媽媽後來也成全了先生和那位青梅竹馬的女友，兩人公開的舉行婚禮，當了他們家的二房。

雅玲的媽媽覺得身為女人，她的確很同情二房跟自己先生的感情，也覺得難能可貴，從小到大、經歷了那麼多事，還一路相伴至今。

兩個女人也是談好了「地盤」，彼此井水不犯河水。

二房也非常有誠意，承諾雅玲的母親絕對不會生小孩，來跟大房的孩子分家產，算是感謝大房的成全。

但是沒多久，雅玲的爸爸，馬上又娶了第三房，讓雅玲的媽媽和二房失望至極。

二房還因此長居加拿大，再也不回來台灣這塊傷心地。

「唉！人心是會變的啊！還好，我做了這個決定。」文珠聽完後，只能搖頭嘆息，而雅玲仍然不住的感謝。

和雅玲分開後，文珠也是叫了部計程車，最後怎麼到了谷關的一家飯店，文珠卻是怎麼也想不起來。

文珠一點都不想跟外界的人聯絡，就待在山區裡的這間飯店，像是被綁在山上的小小牛一樣。

她有一種很想背棄整個世界的念頭，一點都不想跟任何人聯絡。

直到不知道過了多久，文珠突然想起來，自己好像有一場早已答應好的演出，應該先打通電話跟經紀公司說要取消，這才撥了通電話給經紀人何美瑜。

「美瑜姐……」

「文珠，妳在哪裡，全世界的人都在找妳，妳媽媽很擔心妳想不開。」文珠才開口，何美瑜就連珠炮似的說著文珠。

「對不起，我好像有場演出快到了，我沒辦法去演唱……」文珠跟美瑜道歉。

「什麼快到了，已經過期了，我的大小姐，妳消失了半個月妳知道嗎？要不是妳是個大歌星，我早就報警了！」

「對不起，造成公司的損失了……」文珠現在連道歉都覺得累到沒力氣。

「我都安置妥當了，妳在哪裡，我一定要看到妳人。」美瑜堅持的說。

文珠把飯店的地址、電話給了美瑜，當天，美瑜和文珠的媽媽、妹妹三人隨即趕到。

「怎麼變成這個樣子呢？整個人瘦成這個樣子！」媽媽不捨的抱著文珠。

「我回絕了慶祥太太的提議，已經決定跟慶祥分手了。」只有四個女人在的房間，文珠說了自己的決定。

「我們知道，妳一直沒回家來，我們到處打聽妳的下落，慶祥的媽媽說到妳跟她媳婦見面的事情。」媽媽拍著文珠，直說這是個明智的決定。

「那麼孩子該怎麼辦呢？要不要拿掉？」妹妹也急著問文珠。

「我要生下來，這是一個活生生的生命，我不要拿掉。這是我王文珠的孩子，是王家的孩子，跟吳家一點關係也沒有，他也跟吳慶祥無關無份。」文珠堅定的說著自己的決定。

「那要怎麼生呢?就退出歌壇嗎？」

「妳王文珠一個大姑娘，沒結婚就生小孩，外界不會去找孩子的爸爸是誰嗎？」

「還是會扯上吳慶祥他們家啊！」

大家妳一言、我一句的問著文珠。

「而且現在整個社會氣氛，對第三者是相當反感的，妳這樣未婚生子，對方還是個有婦之夫，妳代言的廠商，是可以要求妳賠償的，這整個賠起來可是一筆天文數字，妳吃得消嗎？」何美瑜問道。

可能有一陣子沒跟人交談，文珠一下子聽到這麼多人的聲音，整個人有一種五雷轟頂的感覺，就這麼暈了過去。

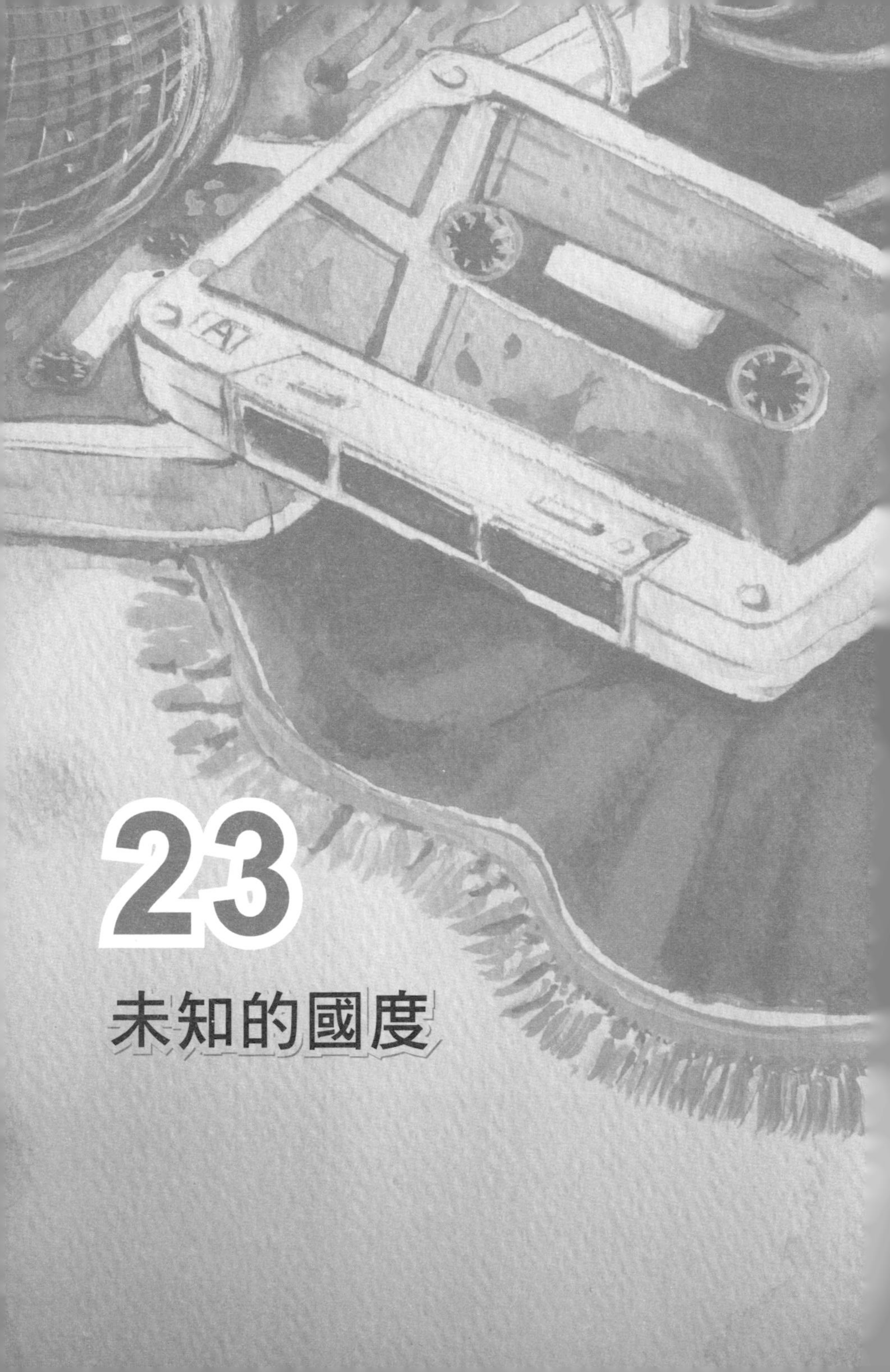

23

未知的國度

自從文珠做了決定，要跟慶祥徹底分手後，她就整個人虛脫掉了。

「或許慶祥真的在文珠的生命中，占了很大的一個部分吧！」文珠的媽媽、妹妹和經紀人何美瑜都這麼認為。

除了文珠，也只有這三個女人知道她已經懷孕了。

應該說，除了這三個女人之外，還有一個男人知道這件事。

就是文珠妹妹的未婚夫，一個日本華僑。

由於文珠整個人的身體、情緒狀況都不太穩定，除了堅持孩子生下來外，其他事情幾乎是那三個女人幫她打點的。

經過集思廣益後，他們決定要讓文珠的妹妹和未婚夫提早結婚，讓文珠的孩子可以用妹妹和妹夫的名義報戶口，並且以文珠家沒有男丁，要分個孩子給王家傳宗接代的名義，讓孩子可以姓王。

文珠的準妹夫，也答應了這件事，並且在台灣早早公證結婚。

於是，文珠和媽媽，跟著妹妹和妹夫一起到了日本安心待產。

經紀公司方面，則對外表示，文珠是到日本進修，為自己的歌唱事業尋求更多發展的可能性。

臨走前，經紀人何美瑜到了文珠家探視文珠。

「美瑜姐，不好意思，我惹了這麼多的麻煩，辛苦妳了。」躺在床上的文珠還一直跟何美瑜賠著不是。

「沒什麼好對不起的，妳好好照顧好自己的身體，比較重要。」美瑜姐看著文珠，這個她事業上的「女兒」，滿臉不捨的說著。

「要去日本這個從來沒去過的地方，會不會害怕？」美瑜姐問著。

「雖然是個未知的國度，但是媽媽和妹妹妹夫都在身旁，應該會很好的，美瑜姐不要擔心。」

「到時候妳生產過後，我會去日本看妳，但是還是要提醒妳，千萬要小心，不要讓人家知道妳懷孕生子的事，這會很難收拾。」美瑜姐再三提醒著文珠。

「我們會小心的，因為妹夫住的地方是日本的高級住宅區，那裡的華人非常少，都是日本人，應該很安全，但是我們也會很小心注意著就是了。」

「文珠，這些年，我當妳的經紀人，雖然當初不是為了錢，但妳也的確為我賺了不少錢，妳千萬不要苦了自己，如果真的不想唱了，想在日本過著平平凡凡的生活，美瑜姐一定會成全妳，千萬不要被我們的合約綁住。」

「美瑜姐，妳千萬不要這麼說，我最近常常覺得，男人真的是不可靠，但是我的才華才是我這一輩子的依靠，我比以前任何時候都還想唱歌，等我把孩子生下來後，回來台灣，我想為我自己的事業，打拚出更好的版圖，也可以給孩子更好的生活。美瑜姐，請妳相信我，也要做我事業上的後盾。」

「當然，我知道我們文珠想要打拚起來，那可是沒人能擋得了的，那就等妳回來了。」

就這樣，文珠帶著肚子裡的孩子，第一次踏上日本這塊土地，這個從未謀面的國度。

24

娃娃

就這樣，文珠順利的在日本生下了一個小男娃。

「好險，長得像阿嬤！」大夥兒都很開心，感謝老天爺幫忙，孩子長得像文珠的媽媽，跟吳家人一點都不像。

「真不愧是我們王家的孩子！」文珠的媽媽高興的幫這個男孩取名為王明昌。

由於文珠希望盡快回到工作崗位，於是她從產後開始穿最高檔的塑身衣，到日本最好的瘦身中心，積極瘦身，希望不要讓外界看出生過孩子的痕跡。

而這一切也如文珠預期一樣，相當順利，文珠甚至比生產前更瘦了。

他們一行人，包括文珠的妹夫，連同前來探視的何美瑜，又一同陪著文珠回到了台灣，趕緊幫孩子報戶口。

從開始準備登機起，怕台灣的觀光客發現，孩子就由妹妹和妹夫抱著。

這一切看起來是這麼的天衣無縫，直到有一天，來了位不速之客。

就是文珠的爸爸。

「你來做什麼，這裡不歡迎你。」文珠的媽媽趕緊要把門關起來。

「我做阿公了，來看看我的孫子也不行嗎？」文珠的爸爸嘻皮笑臉的說著。

「你連爸爸都做不好了，有什麼資格做阿公呢？」文珠的媽媽回嗆他。

「假如這個孩子是文珠的，我就有資格跟媒體說我是小孩的阿公吧！」文珠的爸爸用威脅性的口吻說著。

「你在胡說些什麼？這孩子是你小女兒生的，不是大女兒生的，少在那裡胡言亂語。」文珠的媽媽慌張的否認。

「看妳慌張的樣子，我猜得果然沒錯吧！」文珠的爸爸冷笑著說。

「你走！你走！不要再在我們家出現！」

「要我走可以，文珠拿出一千萬出來，我就再也不來你們這裡。」

「你這個不要臉的男人，我聽人家說，你才剛從牢裡出來，就來跟女兒要錢……」文珠的媽媽順手拿起陽台的掃把，要趕文珠的爸爸出去。

「沒關係，不給錢，我就去跟外面的人說，文珠生了孩子，你們到時候要賠給廠商的錢，可能比給我一千萬還要多，你們最好想清楚，那樣比較划算！」文珠的爸爸悻悻然的走了。

過沒幾天，報紙上的娛樂版，果然登了頭版頭「台語天后王文珠未婚生子」。

「情況怎麼樣？」文珠在家中不斷的打電話到經紀公司詢問最新的狀況。

在代言廠商的強力要求下，文珠和妹妹、妹夫共同召開記者會，說明這個孩子是妹妹和妹夫的孩子，只是為了王家的香火，跟著文珠的妹妹姓王。

但是整件事情，讓文珠一家人見識到，以後真的要小心點，要不然連周圍的鄰居、親戚都在那裡窺視著，隨時準備跟媒體打小報告一樣。

為了不讓文珠的爸爸再來打擾，文珠一家人也準備搬家。

「有必要搬家嗎？」文珠的媽媽問著。老人家總是不習慣新環境。

「我不想讓爸爸再來打擾我們。而且這裡的鄰居老愛問東問西的，還是搬家比較好。」文珠答道。

「如果妳爸爸來一次就要搬家，那以後不是老要搬家嗎？」

「那就搬啊！反正我的收入愈來愈好，就當換屋，換好一點的房子住。」

除了換屋之外，文珠一家人也警覺到，明昌最好從小就養成習慣，要叫文珠為「阿姨」，稱呼文珠的妹妹、妹夫為媽媽和爸爸。

「小孩子容易說溜嘴，不要讓他養成習慣，哪天出去就脫口而出說出實話，這樣也用不著妳爸爸去告密，我們自己就爆料了！」媽媽堅持著。

「那樣明昌不就一輩子都不能叫姊姊為媽媽了嗎？這樣明昌不是很可憐？」文珠的妹妹不捨的說。

「唉！那是他的命啊！」文珠的媽媽嘆口氣說。

「我能夠繼續工作，明昌也就有更好的生活可以過，就這樣吧！」文珠勉強同意了這個做法。

況且還有一件事，讓文珠更加確信要這麼做。那就是……

慶祥也來找她。

「那個孩子是我的孩子嗎？」慶祥質問起文珠。

「你憑什麼這麼問？」文珠沒好氣的反問慶祥。

「當初妳離開我，連句再見也沒有，就這樣消失不見了，等到再看到妳時，家裡突然多了個小孩，我當然會懷疑這孩子是不是我的。」

「如果是我們吳家的孩子，我是一定會要回來的。」慶祥理直氣壯的說。

「你弄錯了，那是我妹的孩子，也是我們王家的孩子，跟你們吳家一點關係也沒有。我想不出你吳慶祥有什麼臉來問我這件事？」文珠在反問慶祥的同時，她很高興的發現，她真的已經不愛慶祥了，對她而言，慶祥是個完完全全的陌生人，沒有任何情感的牽掛了。

現在她只想為自己這個家、為明昌好好的唱歌、賺錢，讓家人過更好的生活。

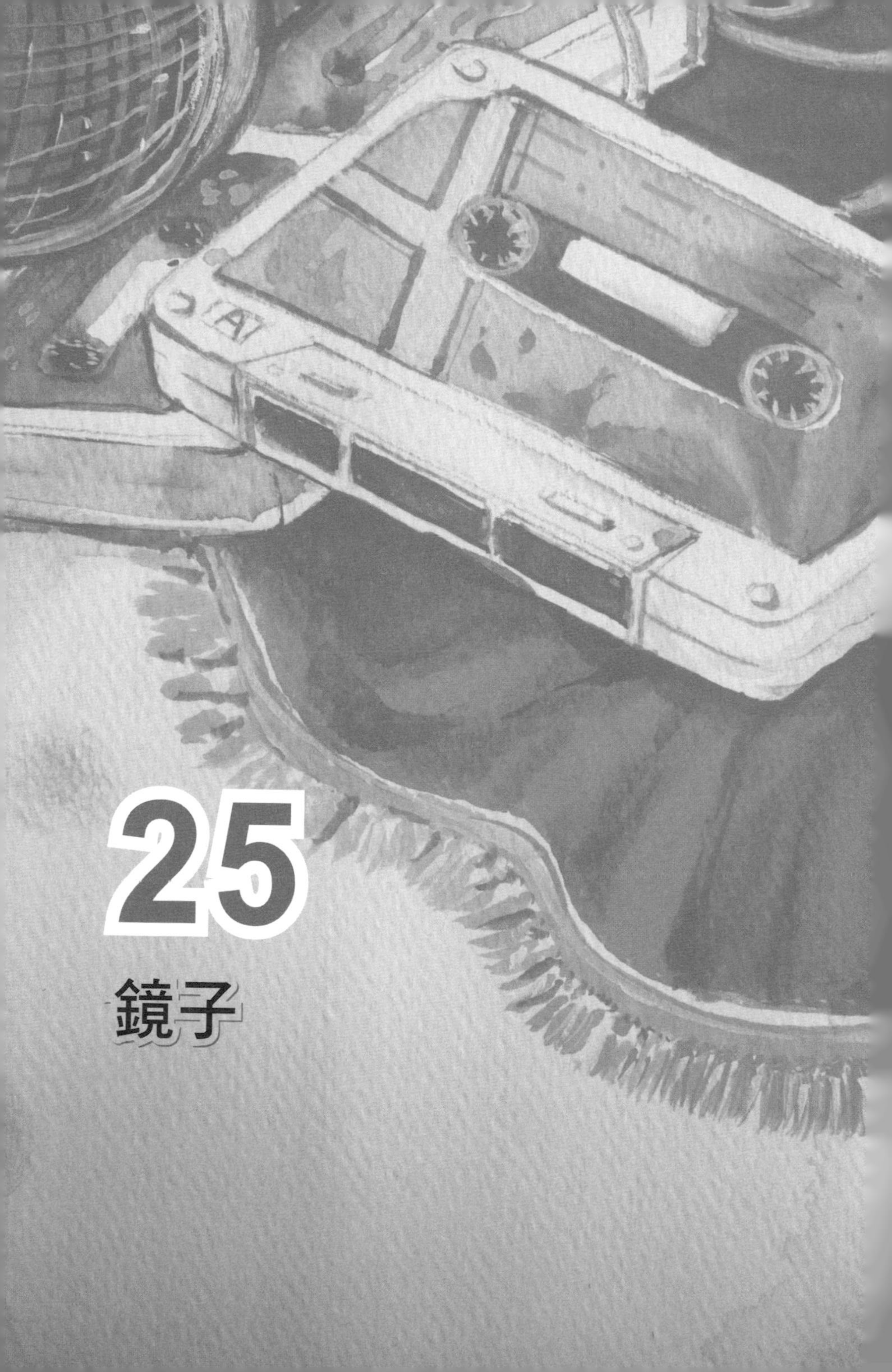

25

鏡子

隨著明昌慢慢的長大，文珠愈來愈覺得，明昌就像自己的一面鏡子。

「這個孩子真的很乖，也很懂事。」文珠的媽媽總是這樣說。

「就是太懂事了，跟姊姊一個樣，懂事到讓人心疼的地步。」文珠的妹妹不捨的說著。

對於自己的身世，明昌心知肚明，卻從來沒有吵過要找爸爸。也總是乖乖的稱呼文珠為「阿姨」，叫文珠的妹妹、妹夫為爸爸媽媽。

文珠的妹妹和妹夫，因為妹夫工作的關係，總是台灣、日本兩邊跑。所以明昌就是由阿嬤一手帶大。

有幾次，只有文珠和明昌單獨相處的時候，文珠忍不住跟明昌說：「孩子，對不起，讓你要這樣稱呼……」文珠話還沒說完，自己早就泣不成聲了。

明昌總是很體諒的說：「沒關係，我知道的。」

而明昌這樣的乖巧、懂事，讓文珠的內疚往往又更加深了些。

而第一個謊說了，接下來就有更多的謊要說。

像是母姊會，文珠雖然也很想去，但總是要妹妹和媽媽一塊去學校參加。

要不然又會惹來異樣的眼光，追問明昌說：「阿姨也來母姊會喔？」

有些同學、家長還會不懷好意的問說：「明昌，王文珠真的是妳阿姨嗎？感覺很像《我媽媽是歌星》那首歌的情節。」

這些還都不打緊，比較麻煩的是吳慶祥那家。

由於慶祥和雅玲一直膝下無子。

吳媽媽總是追問著文珠：「明昌真的不是我們吳家的孩子嗎？」

有幾次打電話來，透過電話的對講機，讓文珠的媽媽聽見，她馬上大聲的說道：「你們吳家去做夢吧！有本事叫妳自己的媳婦去生，王明昌是我們王家的孫子，少來動他的腦筋，莫名其妙的吳家人！」

「但是雅玲就是生不出來啊！」吳媽媽跟文珠抱怨著。

「慶祥這個人也不見得只能讓雅玲生孩子啊？不是嗎？」文珠冷冷的回說。

「唉！」吳媽媽和雅玲後來大概也知道慶祥在外面的行為，他們都不好說什麼，吳媽媽只有不斷的跟文珠抱歉，說男人有了錢就愛作怪。

文珠的爸爸也是緊盯著明昌。

還到學校門口堵過明昌。

「明昌！」他叫住明昌。

「請問你是誰？」明昌天真無邪的問著文珠的爸爸。

「我是你阿公啊，你不知道嗎？明昌。」

「嗯……」明昌不知道該怎麼回答，因為聽阿嬤說，阿公對他並不安好心眼。

「明昌，阿公請你去吃麥當勞。」文珠的爸爸牽著明昌就要往外面走。

明昌嚇到拔腿就跑，趕緊坐上計程車回家。

文珠聽到這件事後，又是急忙趕著搬家，替明昌轉學，還僱用了司機專門接送明昌上下學。

「阿姨，不用這麼浪費錢，我可以自己上學，沒問題的。」

「不行，如果你被綁架了，怎麼辦？我不信任我爸爸。」文珠斬釘截鐵的說著。

「阿姨，這次可以不要再轉學了嗎？我剛剛有要好的朋友，就要轉學，我捨不得我的朋友。」明昌囁嚅的問著。

文珠這才發現，自己在明昌的身上剝奪了這麼多的情份。

沒有了爸爸，親生媽媽近在咫尺也不能叫她，連朋友都沒有。

「你會不會怨我？會不會怪我？怪我害你少了這麼多別人有的東西！」文珠含著淚問明昌。

「不會……」明昌的口型像是要喊出「媽」，但是又縮了回去。

文珠看到後，更是淚流不止，她滿心羞愧，覺得自己真的是沒臉繼續跟這個孩子講話。

「我這個沒用的媽，讓孩子連喊媽的權力都沒有。」文珠在心裡更是自責自己。

就是因為每一次的談話，都充滿了這麼多的內疚，文珠的反應，也讓明昌有點害怕。

「是不是自己說了什麼？讓『阿姨』總是那麼傷心！」

「『阿姨』為什麼看到明昌總是哭得很傷心？」

「怎麼辦？」

「要怎麼做，才能讓阿姨開心點？」

這些都是明昌心裡很多的疑問之一。

這對親生的母子，彼此都很愛著對方，但總是用不對的方式表達對彼此的愛。

兩個人之間有著無形的鴻溝。

兩個人雖然住在同一個屋簷下，感覺上是那麼的遙遠。

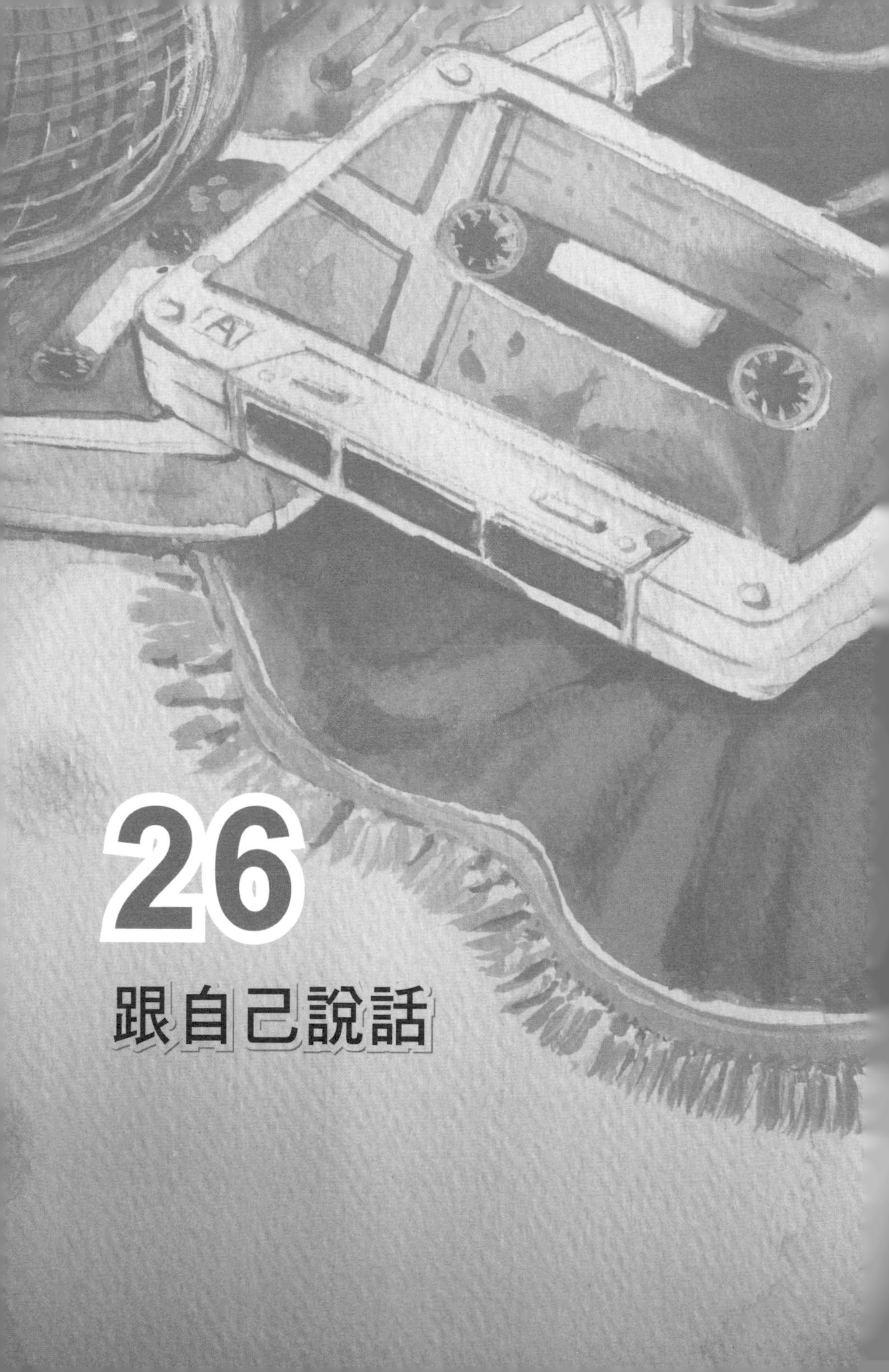

26

跟自己說話

明昌一直都表現得很乖巧，在功課上還是名列前茅。

有時候，文珠的媽媽會小聲的跟文珠說：「還是跟慶祥有點像，書是唸得很好，當然，也是我們王家的好孩子。」

等到明昌國中的時候，文珠有了一位追求者陳老闆。

這位追求者是個上市公司的老闆，妻子因病過世，本來就是文珠超級粉絲的他，就對文珠展開熱烈的追求。

文珠的媽媽也是看這位陳老闆愈看愈順眼，常對文珠耳提面命：「要對人家好一點，這年頭像他這樣的男人不多了。」

這個消息也傳到慶祥的耳裡，慶祥非常不是滋味。

有一次，慶祥和陳老闆、文珠在一個高爾夫球場碰面。

「嗨，文珠！」慶祥叫住文珠。

「吳老闆你好。」文珠客氣的回答。

「啊！陳老闆，你好、你好。哇！跟大明星在一起啊，真是艷福不淺。」

「五十歲喪偶，果然是人生一大樂事啊！」慶祥主動的跟陳老闆握手、寒暄。

但是慶祥卻有意無意的讓陳老闆知道，文珠和他有過一段「生死之交」。

「這個吳慶祥是什麼意思啊？」文珠暗自在心裡生著悶氣。

但是在打高爾夫球的空檔，陳老闆也就有意無意的讓慶祥知道，他自己是個五十多歲的男人，文珠也四十來歲了，誰沒有過去呢？

「沒有，才是有問題吧！」陳老闆笑著說。

陳老闆不僅是說給慶祥知道，同時也是說給文珠聽。

這個舉動讓文珠非常窩心，回家說給媽媽聽時，文珠的媽媽更是對陳老闆讚譽有加：「我就說陳老闆是個見過世面的人，做人處事就是高段。」

連經紀人美瑜姐和文珠的妹妹，也對陳老闆有非常好的印象。

美瑜姐還跟文珠說：「碰到這樣好的男人，別唱了，嫁過去當貴婦就好，也算是讓自己的演藝事業有個完美的結局。」

「美瑜姐，妳好像當我的經紀人當得不耐煩了，一天到晚都勸我不要唱了。」文珠笑著對美瑜姐這樣說。

「哪是啊？冤枉啊！我是把妳的幸福，放在替我賺錢的前面，真是好心沒好報啊！」美瑜姐做出一臉辛酸狀。

「而且我也是把老骨頭了，該讓我退休了吧！」美瑜姐笑著說。

「不行，我要當個國寶級天后，美瑜姐也要當個國寶級的經紀人。」聽到文珠這一番話，這兩位天后級的藝人，都哈哈大笑了起來。

陳老闆當老闆的派頭當然是不小，這一天，陳老闆請了文珠一家子大大小小五口人還有文珠的經紀人何美瑜，一起到新開的米其林餐廳用餐。

陳老闆說這家餐廳蒸烤松露腓力非常的好吃，一定要帶文珠的家人和經紀人一同來品嚐。

這家米其林餐廳的價位，一人是以萬元起跳的，當然，這在陳老闆的眼中根本不算什麼。

這頓飯大家吃得賓主盡歡，最後，陳老闆突然拿出一個淡藍色的盒子，一家非常有名的珠寶商品牌，用一顆五克拉的鑽戒向文珠求婚。

「啊！」現場所有的女性都發出讚嘆聲。

「這是我最喜歡的珠寶品牌，而且鑲工那麼的漂亮，五克拉耶，陳老闆真的是有心人，文珠，妳真是好命啊！遇上這種好男人！」連美瑜姐這種天后，都忍不住發出驚嘆。

鑽石果然是女人最好的朋友，陳老闆這顆鑽石一出手，現場的女性看起來都很想代替文珠說：「我願意！」

文珠的媽媽趕緊推了推文珠說：「傻女兒，妳倒是說句話吧！」

「姊姊，快點啊！」文珠的妹妹也催著她。

這時，只見明昌從位子上站了起來，跟全桌的人說：「對不起，我人有點不舒服，先離開了。」

說完，就往外頭衝了出去。

文珠的媽媽一直緩頰說：「國中生，叛逆期，就是這個樣子，陳老闆不要在意啊！」

不過好好的一場求婚宴，也因為明昌的離席，就草草結束了。

文珠答應陳老闆會好好考慮他的求婚。

回到家中，文珠趕緊去到明昌的房間門口敲門。

「明昌啊！你在嗎？」文珠焦急的問著。
門這時候突然打開了，明昌哭得眼睛、鼻子全是紅的。
「對不起……」一開口說完對不起後，明昌就大哭了起來。
文珠趕緊抱著明昌說：「沒關係的，沒關係的……」
「對不起，我不是故意的……」明昌繼續哭著說。
「我知道，我知道，你一直是個懂事的好孩子，我們都沒有怪你！」
「對不起……」明昌只是哭倒在文珠的肩膀上，繼續不停的說著對不起。
「明昌，你老實的告訴我，你是不是不願意我結婚？」文珠細聲的問著明昌。
明昌一時之間也沒說任何的話。
「你要跟我說實話，跟我表達清楚你的意思。」文珠鼓勵著明昌說出來。
明昌等了好一會，才點了點頭。
「我知道了，你的意見我一定會好好考慮的。」文珠沉重的說著。
明昌也就早早回房睡覺去了。
明昌的舉動，讓文珠陷入長考與兩難。

「他還是個孩子，妳還有機會勸他，但是錯過陳老闆，妳這輩子可能就沒好姻緣了！」文珠的媽媽強力的勸說著文珠，要接受陳老闆的求婚。

「我這個老太婆，這一輩子，最希望的就是看到妳嫁到好人家，現在機會來了，妳卻陷入長考，這種事不用大腦都可以決定。」文珠的媽媽急到要拿起電話，直接去跟陳老闆說，文珠已經答應他的求婚了。

「媽，別這樣，明昌的心情，我們當然要考慮啊！別人可以不清楚，妳怎麼會不知道他是我的兒子呢？」

「就是知道他是妳兒子，我才要勸妳，要替自己的幸福著想，他長大了，就會體諒妳的辛苦，不要在他還不懂事、鬧情緒的時候，考慮他的想法，這些都是會變的，但是到那個時候，妳的幸福也飛走了！」

「唉！我是欠他的啊！」

「妳沒有欠任何人，孩子，妳只有欠妳自己一個幸福！」文珠的媽媽說到這裡，自己都邊說邊哭了。

「再考慮一下，好嗎？」文珠的媽媽懇求著文珠。

「嗯……」文珠也點了點頭。

文珠為了這個求婚的決定，找了個很有名的心理諮詢、也是自己很好的朋友，做了個心理諮商。

當然，能夠把自己多年的祕密，跟人吐露，是讓她感覺好了許多。

不過，整場心理諮商，治療師只是協助她跟自己說話，讓自己把所有的想法都說了出來，讓她看清楚自己的選項。

在當場，文珠也沒有做下任何的決定。

「妳可以回家，繼續跟自己說話，看起來要擺平的是外面的事情，其實這些事都發生在妳心裡。」諮商師朋友這麼跟她說。

文珠在自己家附近的山徑上繼續跟自己說著。邊散步、邊自言自語。

她的確清明的做了一個決定。

文珠拒絕了陳老闆的求婚。

「只是因為一個外甥的反對，妳這個做阿姨的就要拒絕我的求婚，他只是個外甥，又不是文珠的兒子。」有一天陳老闆來文珠家，正好文珠不在，他就在跟文珠的媽媽抱怨著。

文珠的媽媽只能無言。

其實陳老闆這麼說，也是有意無意要說給明昌聽的。

正在房間的明昌也聽得一清二楚的。

那天晚上，文珠很晚才回來。

打開客廳的燈時，發現明昌正在那裡等著她。

「怎麼還沒睡？明天不是還要上課。」文珠問著明昌。

「謝謝妳為我做的犧牲。」明昌簡單的說了這麼一句，但是隨即哽咽的說不出話來。

「我沒有犧牲啊！」文珠在說這句話時，也哽咽了起來。

「我跟自己談過了，我確定我最愛的人是你。這是我最真實的想法啊！那我又有什麼好犧牲的呢？」文珠繼續哽咽的說著。

「謝謝。」明昌說完、頭低低的趕緊回房間。

面對一整個客廳，文珠並沒有任何的落寞，相反的，她有一種前所未有的充實。

「終於跟自己的兒子說出真心話了。」文珠慶幸的在心裡跟自己對話著。她關上客廳的燈，回到自己的房間，懷抱著滿滿的幸福與感恩。

在那之後，文珠和陳老闆也走不下去了。

但是明昌比起之前，表現的更為乖巧、功課也更好。

「會不會太累、太拚了點？」文珠常常看著正在讀書的明昌，這樣子問他。

「我想為妳努力！以後可以孝順妳。」這幾句話，雖然沒有一句出現「媽」這個字眼，但在文珠的耳朵裡聽起來，卻有如最好的旋律。

「這值得多了！」文珠跟媽媽這麼說，每當文珠的媽媽叨唸文珠不懂得珍惜陳老闆時，文珠總會抬出明昌這些話。

「也是啦！」文珠的媽媽也只能嘆口大氣。

明昌也過五關、斬六將的考上了台大。

有個文珠幾乎已經忘記的人，這個時候來到了王家。

「吳伯伯！」開門時，文珠不可置信的叫出來。

「文珠，好久不見了。」吳伯伯靦腆的打了招呼。

「怎麼有空來呢？」文珠還是一臉驚訝的表情。

「可以進去談一下嗎？」

「好的，請進、請進。」

文珠看到吳伯伯時，驚覺他老了許多。

「是啊！也二十多年沒見面了！」文珠在心裡算著。明昌都快二十歲了，時間過得可真快啊，自己不久後，也要從四十步入五十大關。

就在文珠還在打量吳伯伯時，他老人家突然一下子跪了下來。

「文珠，請原諒吳伯伯。」

「吳伯伯，你這是在做什麼?那些事情都過去了，沒有什麼好對不起的啦！你快起來，你這樣我承受不起。快……」文珠連忙扶起吳伯伯。

吳伯伯卻哭得老淚縱橫的。

「吳伯伯怎麼了啊？」

「文珠，我是個行將就木的老人，妳能不能行行好，讓我在我走之前，看看我的孫子，要不然，我沒有辦法去向吳家的列祖列宗交代。」

「你在說什麼？什麼是你孫子？」文珠內心一驚，還是故作鎮靜的反問著。

「我太太一直跟我說，你們家的明昌應該是我們吳家的子孫，我知道他剛考上了台大的資訊工程系，我真的很想看看他……」

「吳伯伯，你真的弄錯了，那是我妹妹和妹夫的孩子，只是為了我們王家傳宗接代，分了一個跟我們姓王，真的不是你們王家的子孫，你真的弄錯了。」

「我知道，當年是我勢利眼，對不起妳，我現在也得了肺癌，雖然要做切除，但是我不知道我能活多久？慶祥和雅玲一直沒有生孩子，我真的很想在我死之前，跟我的孫子講講話……」

「吳伯伯，不能因為慶祥沒有生小孩，你就來說我們家明昌是你們家的骨肉，話可不能這樣說啊！」

「文珠啊！」吳伯伯又打算要跪了下去。

「請不要這樣！」文珠趕緊扶住這位老人家。

「請回吧！」文珠淡淡的跟吳伯伯說著，而吳伯伯也就哭哭啼啼的回去。

大門才剛關上，明昌的房門也就開了。

文珠知道這一席話，明昌在房裡都聽得清清楚楚的。

「你會想跟自己的爸爸、爺爺相認嗎？」文珠覺得還是要聽聽明昌的意思。

「如果你想的話，我可以安排。」文珠問著明昌。

「嗯……」明昌搖了搖頭。

「真的嗎？」文珠再問了一次明昌。

「是的。」明昌肯定的說著。

「我是王家的子孫，就像阿嬤說的一樣。」

「你這樣可虧大了喔！」文珠開玩笑的說著。

「吳家現在可是有錢的不得了，你去認祖歸宗，可是有大筆遺產可以拿！」文珠自己說著，都笑了起來。

「我想要錢，我可以自己賺，妳不是每一塊錢都是靠自己的才華賺來的嗎？妳可以，我也可以。」明昌很有志氣的說著。

「妳不知道嗎？我這麼努力，都是為了妳耶！」

「我想跟妳一樣，不想跟吳家人一樣。」明昌說完後就出門跟同學聚會去了。

但是他這麼簡短的一段話，對文珠來說，是生命中最大的獎章。

也是最甜蜜的榮耀。

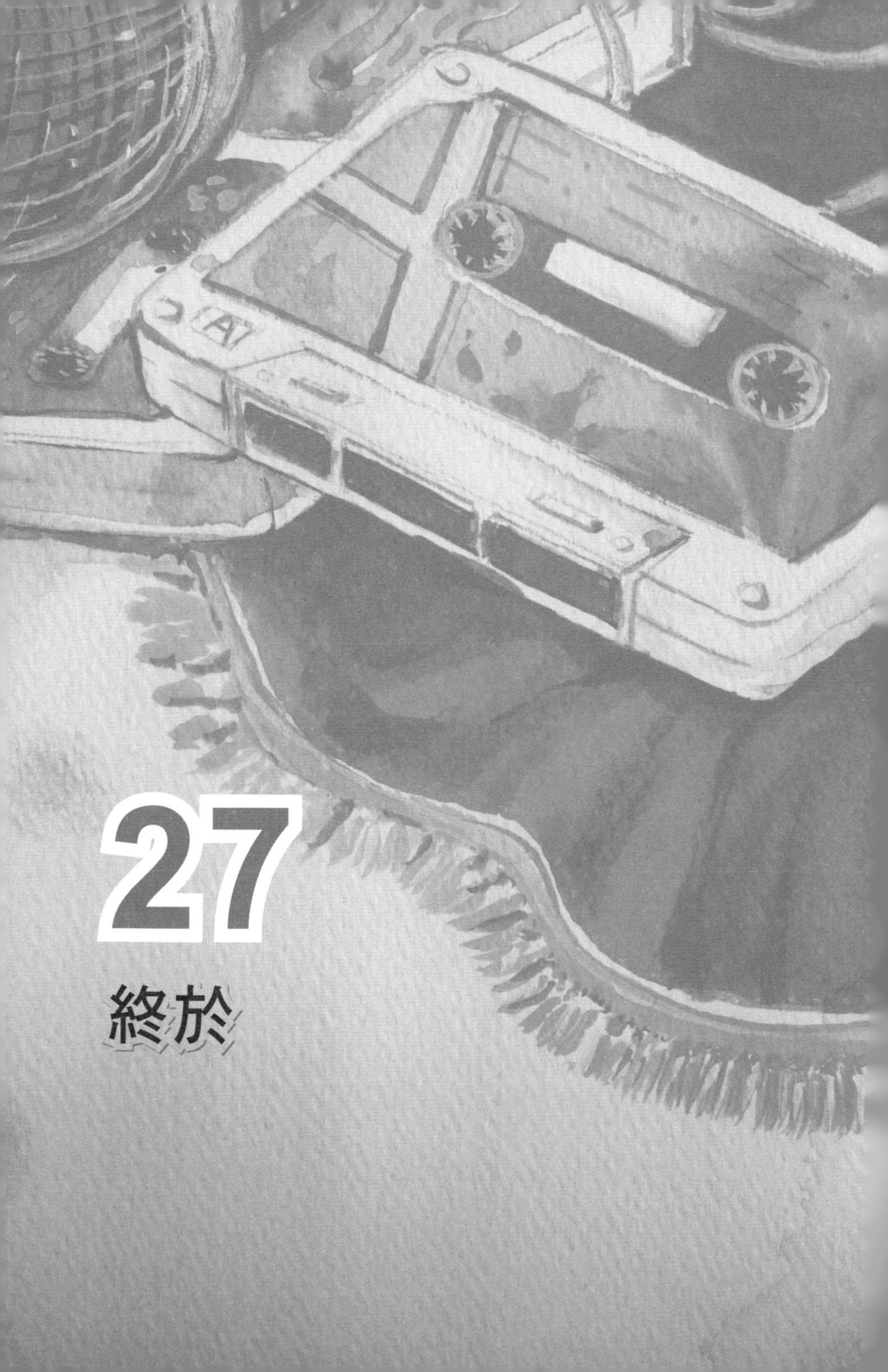

27

終於

經過那一次的談話，文珠和明昌的情感也更為接近。

但是，或許是因為習慣、也或許是因為工作，明昌仍然從來沒有叫過文珠一聲媽媽。

想到這裡，看到躺在病床上的「大阿姨」，明昌的心情真是五味雜陳。

這時候，文珠突然轉動起身來。

微微睜開了眼睛。

文珠看著明昌，笑著問說：「明昌，都是你在醫院照顧我的嗎？」

「嗯……」明昌點了點頭。

然後又是一陣死寂。

「我剛剛做了個夢。」文珠說著。

「什麼夢？」

「我夢見在一個沙灘上，你一直在我後面追著我，喊著我媽，一邊哭、一邊喊著！而我卻仍然向前跑，我這才知道，能夠喊一聲媽，對你而言，是這麼的重要。」文珠解釋著自己的夢境。

「孩子，讓你受委屈了。」文珠閉上了眼睛，大顆的淚珠汩汩的流出來。

「我不敢奢求你叫我一聲媽，只希望你能原諒我……」

還沒等文珠說完，明昌就說話了：「如果再重來一次，妳還會選擇這樣的做法嗎？」

「不會，一定不會。」文珠哭著說。

「我一定把你帶在我身邊，讓全世界的人知道，你是我的好兒子。」

「妳會後悔生下我嗎？」

「不會擔心像抱顆定時炸彈，隨時有人拿這件事來敲詐妳？」

明昌連珠炮似的問了許多問題。

「妳喜歡當明星，勝過當我的媽媽嗎？」明昌問出他從小最想問的問題，他心裡一直有這樣的疑惑。

「我願意不當明星，只當你明昌的媽媽。」文珠哭著說。

「全世界的榮華富貴擺在我眼前，都不及你喊我一聲媽媽來得珍貴啊，我的孩子！」文珠流著懺悔的眼淚。

這時候有人敲門。

「請進。」明昌在病房內應門。

進來的是位資深的影劇記者。

「文珠，好點了嗎？」葉宏民記者問起文珠。

「大哥，好多了，不好意思，還麻煩你來看我。」連文珠都要喊這位記者大哥，可見他在影劇圈是有輩分的。

「葉大哥，今天發新聞了嗎？」文珠撐起來坐，問起葉大哥。

「還沒，今天還生不出來新聞……還在到處閒晃。」葉記者說。

「嗯，那我跟你介紹一下，這位是我的兒子，王明昌。」文珠脫口而出。

「啊！」葉記者和明昌都驚聲叫了出來。

「文珠，妳是病昏了嗎？要給我新聞也不用這樣的給法，隨便餵點小新聞就好，不用這樣子搞，妳知道這件事有多嚴重嗎？」文珠給了葉記者大獨家，反倒讓葉記者訓起她來。

「我知道你對我好，體諒我，但是，我不能辜負我兒子啊！讓他一輩子委屈的

躲在後面……」

「我這個做媽的做到這樣，自己窩囊不要緊，可是明昌讓我心疼啊！」文珠激動的說著，以致於咳嗽起來。

「唉！這個除夕夜，大家的年夜飯，有話題可以聊囉……妳真的要我寫這件事情嗎？我再問妳一遍，免得妳以後怪我這個老大哥沒意思。」葉記者再說一次，以示慎重。

「是的，我要讓全世界都知道，王明昌是我兒子，是我王文珠的兒子。」

這個時候，護士從門口敲門，明昌出去拿一盒醫院準備的餐飲。

先前八卦的護士小小聲的跟旁邊打掃的阿桑說：「王文珠是他的阿姨啦！」

離先前的對話還沒多久的時間，這一次明昌又更正起護士。

「她不是我阿姨，是我媽媽。從今以後都是這樣。」

門口的護士露出錯愕的表情。

走進門內的明昌，則露出幸福的笑容，他知道……

今天，是個團圓的除夕夜。

是他們這一家子最溫暖的一夜。

也是他人生中，最重要的一頁。

他，王明昌，終於可以光明正大的喊王文珠一聲媽媽了。

培育文化讀者回函卡

謝謝您購買這本書。
為加強對讀者的服務，請您詳細填寫本卡，寄回培育文化，您即可收到出版訊息。

書　　名：**她不是我媽媽**
購買書店：＿＿＿＿＿市／縣＿＿＿＿＿＿書店
姓　　名：＿＿＿＿＿＿＿＿＿＿＿
身分證字號：＿＿＿＿＿＿
電　　話：(私)＿＿＿＿＿(公)＿＿＿＿＿(傳真)＿＿＿＿＿＿
地　　址：□□□＿＿＿＿＿＿＿＿＿＿＿＿＿＿＿＿＿＿
年　　齡：□20歲以下　□21歲～30歲　□30歲～40歲
　　　　　□40歲～50歲　□50歲以上
性　　別：□男　□女　婚姻：□已婚　□單身
生　　日：＿＿＿年＿＿＿月＿＿＿日
職　　業：□①學生　□②大眾傳播　□③自由業　□④資訊業
　　　　　□⑤金融業　□⑥銷售業　□⑦服務業　□⑧教
　　　　　□⑨軍警　□⑩製造業　□⑪公　□⑫其他
教育程度：□①高中以下（含高中）□②大專　□③研究所以上
職 位 別：□①負責人　□②高階主管　□③中級主管
　　　　　□④一般職員□⑤專業人員
職 務 別：□①管理　□②行銷　□③創意　□④人事、行政
　　　　　□⑤財務、法務　□⑥生產　□⑦工程

您從何得知本書消息？
□①逛書店　□②報紙廣告　□③親友介紹
□④出版書訊　□⑤廣告信函　□⑥廣播節目
□⑦電視節目　□⑧銷售人員推薦
□⑨其他

您通常以何種方式購書？
□①逛書店　□②劃撥郵購　□③電話訂購　□④傳真訂購
□⑤團體訂購　□⑥信用卡　□⑦其他

看完本書後，您喜歡本書的理由？
□內容符合期待　□文筆流暢　□具實用性　□插圖
□版面、字體安排適當　□內容充實
□其他

看完本書後，您不喜歡本書的理由？
□內容不符合期待　□文筆欠佳　□內容平平
□版面、圖片、字體不適合閱讀　□觀念保守
□其他＿＿＿＿＿＿＿＿＿＿＿＿＿＿＿＿＿＿＿＿

您的建議

＿＿＿＿＿＿＿＿＿＿＿＿＿＿＿＿＿＿＿＿＿＿＿＿＿＿＿

＿＿＿＿＿＿＿＿＿＿＿＿＿＿＿＿＿＿＿＿＿＿＿＿＿＿＿

＿＿＿＿＿＿＿＿＿＿＿＿＿＿＿＿＿＿＿＿＿＿＿＿＿＿＿

剪下後請寄回「221台北縣汐止市大同路3段194號9樓之1培育文化收」

請用膠帶黏貼

請貼郵票

2 2 1-0 3

台北縣汐止市大同路三段 194 號 9 樓之 1

培育文化事業有限公司

編輯部　收

請沿此虛線對折貼郵票，以膠帶黏貼後寄回，謝謝！

為你開啟知識之殿堂

培育文化

培育文化